KB050563

100조를 향해서 3

초판 1쇄 인쇄일 2015년 4월 15일 **I 초판 1쇄 발행일** 2015년 4월 17일

지은이 라이케 I **펴낸이** 곽중열 I **담당편집 팀장** 이범수
편집부 신연제 이윤아 김호성 김은경

펴낸곳 (주)조은세상 I 출판등록 제 2002-23호
주소 경기도 연천군 미산면 청정로 1355
TEL 편집부 02)587-2966 I FAX 02)587-2922
e-mail bukdu@comics21c.co.kr

ⓒ라이케 2015
ISBN 979-11-5512-959-3 I ISBN 979-11-5512-956-2(set) I 값 8,000원

※잘못 만들어진 책은 바꿔 드립니다.
※저자와의 협의에 의해 인지는 생략합니다.

100조를 향해서

향해서

라이케 현대판타지 장편소설

NEO FUSION FANTASY STORY

3

북두
(주)좋은세상

CONTENTS

Part 8-1. 상대의 카드를 읽는 눈 ; 예측   ··· 7

Part 8-2. 상대의 카드를 읽는 눈 ; 예측   ··· 25

Part 8-3. 상대의 카드를 읽는 눈 ; 예측   ··· 43

Part 8-4. 상대의 카드를 읽는 눈 ; 예측   ··· 61

Part 8-5. 상대의 카드를 읽는 눈 ; 예측   ··· 79

Part 9-1. 1993. London 첼시 F.C   ··· 95

Part 9-2. 1993. London 첼시 F.C   ··· 115

Part 9-3. 1993. London 첼시 F.C   ··· 135

Part 9-4. 1993. London 첼시 F.C   ··· 151

Part 9-5. 1993. London 첼시 F.C   ··· 167

Part 10-1. 미래의 히트 상품을 선점하다 ??   … 185

Part 10-2. 미래의 히트 상품을 선점하다 ??   … 203

Part 10-3. 미래의 히트 상품을 선점하다 ??   … 221

Part 10-4. 미래의 히트 상품을 선점하다 ??   … 239

Part 10-5. 미래의 히트 상품을 선점하다 ??   … 257

Part 10-6. 미래의 히트 상품을 선점하다 ??   … 275

Part 11-1. 마이더스의 손   … 293

Part 11-2. 마이더스의 손   … 313

100 조를 향해서

100 조를 향해서

NEO MODERN FANTASY & ADVENTURE

Part 8-1. 상대의 카드를 읽는 눈 ; 예측

"…보시면 알겠지만 강남에서 이만큼 입지가 좋은 곳도 없습니다. 조금만 나가면 갤러리아 백화점과 갤러리아 명품관이 있죠. 길 건너면 로데오 거리이고 전체적으로 비탈진 쪽이라 경사도가 괜찮아서 전망이 탁 트인 게 보안 문제도 걸릴 게 없을 겁니다."

40대 공인 중개사는 낭랑한 목소리로 주위 환경을 보면서 어째서 청담동이 좋은 지 고객용 미소로 영업에 열을 올리고 있었다.

"이 곳입니까?"

정재동은 차를 인근에 주차시킨 후, 10여 미터 앞에 위치한 거대한 주택을 물끄러미 응시하면서 되물었다.

9

"네, 맞습니다. 모 유명 대학의 교수님 소유였는데 갑자기 온 가족이 캐나다로 이민을 가는 바람에 나온 매물입니다."

이에 재동의 와이프와 둘째 아들인 현민은 신기한 듯이 연신 두리번거리며 이야기를 나눴다.

"우와. 집이 장난이 아니네?"

"여기가 아까 논현동 집보다 더 좋은데? 현민이 학교 근처라서 다니기도 편하고."

"엄마! 봐, 저 담장 좀 봐. 엄청 높지?"

"그래. 3미터는 되겠다. 근데 저런데서 살면 감옥 같아서 좀 답답하지 않나?"

"그건 없는 놈들이나 그런 거고 높은 데서 사생활도 보호 받고 보안도 철저하니 더 좋지 뭐."

"하긴 그렇게 생각하니 또 그렇네."

정재동은 순간 어이없다는 듯이 시선을 날카롭게 흘겼다.

며칠 전이 생각난 것이다. 그 당시 아들은 그에게 '집이 너무 비좁으니 이사를 가는 것이 어떠하겠냐'면서 강력하게 의견을 피력했었다.

겉보기엔 순박해 보이는 모습과 달리 그도 눈치는 있는 인물이었다. 크게 관심을 안 가졌을 뿐이지, 요즘 첫째 아들의 사업이 성공가도를 달리고 있다는 것쯤은 안다. 그

단적인 예가 미성 인테리어 신사장의 모습이다. 그의 과장된 몸짓과 그에게 지나칠 정도로 예의를 지키는 모습에서 모든 상황이 유추가 가능해진다.

그런 아들이 얼마 전 현금이 생겼다고 턱하니 20억이라는 거금을 내놓았다.

그러면서 돈은 얼마든지 줄 테니 이사를 가라고 재촉하는 중이다.

이제는 우리 가족들도 그에 맞는 사회적인 위치가 있으니 기왕 이사를 갈 거면 최고급 수준의 주택을 구하라고 했다. 시선을 돌려서 만면에 미소가 가득한 부동산 사장을 보았다.

'내 인생에 이런 날이 올 줄이야. 우스운 일이군.'

불과 얼마 전까지만 해도 돈 만원이 아까워서 벌벌 떨며 살던 초라하기 그지없던 인생이었다.

그저 얼떨떨할 따름이다.

몸에 어울리지 않는 옷인가?

갑자기 팔자에도 없는 상류층 노릇을 하려고 하니 갑갑했던 탓이다. 정작 이 모든 사건의 원흉인 큰 아들 현수는 중국 출장을 가서 한국 땅에는 없었다. 그냥 아버지인 재동이 알아서 하라는 것이다. 확실히 돈의 위력이라는 게 대단한가 보다.

돈에 연연하지 말고 강남권에서 있는 괜찮은 대형 주택

을 찾아 달라고 몇 몇 부동산에 언급만 했을 뿐인데 그들은 일개미처럼 바리바리 나타나서 하루가 멀다 하고 이곳저곳 매물을 구경시켜 주고 있었다.

일주일 전에는 평창동과 성북동을 둘러봤고, 엊그제는 역삼동과 논현동을 살폈다. 그리고 오늘은 청담동과 압구정동 인근의 땅을 보는 중이다.

이런 상념을 깨고 중개업자가 입을 뗐다.

"대지 면적은 232평에 건물은 지하 1층, 지상 3층으로 연면적 274평이군요. 건축 년도는 1981년에 지었으니 좀 오래 되긴 했지만 나중에 이사하시기 전에 한 차례 리모델링을 하시면 깨끗해질 겁니다."

"그래요? 일단 한번 볼 수 있을까요?"

"잠시만요. 아까 전화로 말은 해놓기는 했는데…."

공인 중개소 사장은 머뭇거리더니 저택의 현관 앞에 설치 된 인터폰을 손가락으로 눌렀다.

이미 약속 된 상황일까. 문이 열리자 고지식하게 보이는 50대 후반의 남자가 나오더니 간략하게 말했다.

"부담 갖지 말고 천천히 둘러보세요."

"네. 그럼 잠시 실례하겠습니다."

"이 쪽으로…."

저택은 고풍스러웠고 우아했다. 담쟁이 넝쿨과 이름 모를 수목화, 연못이 보였고 정갈하게 꾸민 푸른 잔디가 인상적이다. 굳이 단점을 찾자면 오래 전에 지어서 그런지 낡은 곳이 조금 보인다는 정도일까.

집은 대궐처럼 넓었다. 층고도 높았고 절제미 넘치는 세련된 느낌이 가득했다.

붉은 장미 무늬의 원목 마루에 벽돌형 유럽형 건물 양식, 내부는 대리석 석재로 장식되어 감성을 자극시키기에 충분했다.

현민이 3층에서 전망을 보면서 엄마에게 속삭였다.

"엄마? 이 집으로 하자. 진짜 예술이야."

"그렇지? 근데 너무 큰 거 아닌가 몰라?"

"아이 참! 형이 돈 걱정하지 말라고 했잖아? 기왕 이사 갈 거면 이런 데로 오는 게 좋지. 뽀대도 있고…. 지금 다니는 현대고에 잘 사는 애들 얼마나 많은지 모르지?"

"하긴! 현수가 돈 잘 버는 데 이럴 때 가족이 호강 좀 해야지. 내가 저 놈 뒷바라지 하느라 남의 집에서 시다바리나 하면서 그 고생을 했는데…."

"어허. 거 참! 쪽팔리게…."

재동은 냉큼 호통을 치면서 얼굴을 붉혔다.

철없는 현민이 조잘대느라 집 사정을 뒤에서 있던 중개업소 사장에게 무의식중에 까발린 꼴이었다. 그나마 멀리 있어서 듣지는 못했나 보다. 아직 그들 가족은 오랜 열등감으로 진정한 상류층이 되기 어렵다고 재차 느낄 따름이다.

그렇게 꼼꼼하게 집을 둘러 본 후, 현관문을 나서면서 부동산 중개소 사장에게 가격을 확인했다.

"이 집… 얼마에 나왔다 했죠?"

"14억에 나왔습니다. 평당 대략 6백만 원 수준이네요. 주변 시세보다 꽤 저렴한 수준이죠."

"바로 맞은편의 저기, 압구정동 한양 아파트는 시세가 어떻게 됩니까?"

"한양은 평당 9백만 원 보시면 됩니다. 이 정도 위치에서 이만한 물건은 정말 찾기 어렵습니다. 일반적으로 이 근처 주택 가격이 평당 7백 이상인데, 평당 6백이면 정말 싸게 잘 구입하시는 겁니다. 아 참? 장영자씨 아시죠?"

"아? 80년대 어음 사건의 그 장영자?"

"장영자씨 예전 주택이 저기 저 앞에 주택이에요. 그만큼 최상류층이 선호하는 곳이라는 뜻이죠. 그런데 선생님 가족은 원래 사시던 곳이 어디신가요?"

"아, 청담동에 살았어요. 저 위에 강남세무서 아래쪽에…"

"청담 2동이네요. 그럼 더 좋죠. 괜히 낯선 성북동이나 이런 데로 가는 것보다 원래 이 근처 분이면 다른 데 갈 필요 없이 여기에서 사세요. 대한민국 특급 주거지 아닙니까?"

정재동은 머리를 긁적이면서 모호하게 말끝을 흐렸다.

"저희도 80년대부터 살았지만 주변이 좀 복잡해서…"

"하긴 보통 기업을 하시는 분들이나 돈 좀 있는 분들은 조용한 저택을 원하시는 편이죠. 청담동이나 압구정동은 상류층에게 인기는 많아도 선생님 같이 진짜 가진 분들에게는 좀 번잡스러울 수도 있죠."

중개소 사장은 입에 침을 튀겨가면서 현란한 말솜씨로 대화를 진행시켰다.

"……."

"그런데 원래 사시던 곳도 파실 것 아닌가요? 기왕이면 저에게 넘겨주시면 최선을 다해서 매매 해 드리겠습니다. 거주하는 곳이 단독 주택입니까? 몇 평이죠?"

정재동은 난감한 기색을 감추지 못했다.

그는 부인과 둘째 아들을 향해 원망스런 눈빛으로 쏘아보냈다. 하지만 그 둘은 갑자기 귀머거리라도 된 양 못 들은 척 걸음만 재촉할 따름이다.

상대가 이렇게 오해를 하는데 그 누가 면전에 대놓고 18평짜리 반 지하 연립 주택에서 거주한다고 이야기할 수 있을까?

이것은 용기의 문제 따위가 아니었다. 누구의 잘못도 아니다. 중개소 사장도 고의는 아닐 것이다.

압구정동, 청담동 라인에서 그것도 가장 비싼 단독 주택만 찾는 가족들이 설마 비좁고 탁한 연립 주택의 반 지하에 거주할 것이라고는 꿈에도 생각하지 않았던 탓이다.

"그, 그게….."

"아니면 아파트인가 보네? 어느 아파트죠? 이 일대 아파트는 다 아는데? 청담 2동 방향이면 진흥 아파트인가요? 아니면 상아 아파트?"

"……."

약간 어색해진 그 순간에 문득 큰 딸의 잔영이 겹쳐졌다. 딸이 그 난리를 피우고 가출하고는 소식이 끊긴 지도 꽤 오랜 시간이 흐른 상황이다.

훗날 소영이가 돌아왔을 때 연립 주택을 팔고, 이사를 가게 되면 영영 딸과는 이별이 될지 모른다는 공포감이 전신을 휘감아 온 것이다.

10년이 지나고, 20년이 지나도 소영이를 찾기 위해서는 연립 주택 18평짜리는 남겨 놓아야 했다.

그것이 부모가 된 도리였다. 딸은 알고 있을까?

그들의 집이 이렇게 경제적으로 경천동지 할 정도로 변한 사실을? 마치 협심증에 걸린 환자처럼 꽉 막힌 가슴을 부여잡고는 냉정하게 말을 끊었다.

"괜찮습니다. 저희는 지금 살고 있는 집을 팔 의향이 전혀 없습니다."

사장은 오히려 부자들 특유의 투자 감각을 칭찬하면서 추켜세웠다.

"아? 여러 채 보유 하시려나 보네요. 향후 시세 차익 생각하면 그다지 나쁜 방향은 아니죠. 그 대신 전세 내놓으실 때는 저에게 말해주세요."

"그러죠. 그보다 방금 전 그 집? 12억에는 안 되겠습니까?"

"12억이라. 음, 13억이면 어떨까요? 2억씩이나 깎아달라고 하면 집주인도 난처할 테니 서로 적정가격인 13억에서 거래가 되도록 진행시켜보죠."

"알겠습니다. 만약 13억에 의향 있으면 제가 구매를 하도록 하겠습니다."

"그러시죠. 다시 연락드리겠습니다. 사장님."

"들어가세요. 그럼."

약간의 충동구매가 있었다.

원래는 이토록 큰 평수를 원한 것은 아니었다. 그저 금액에 상관없이 위치 좋고 적당한 크기의 주택 매물을 원했을 뿐이다. 하지만 이 쪽 지역에 적당한 사이즈가 대부분이 100평 이상이라는 점이 문제라면 문제였다.

또한 방금 구경한 집 자체가 워낙에 마음에 든 부분도 있었다.

'리모델링을 할까?'

정재동은 상상 속에서 꿈을 꾸고 있었다.

평소 그저 돈을 벌기 위해 하던 기계와 같은 대패질이 아닌, 그의 기술로 가족이 거주하는 번듯한 화려한 집을 직접 손으로 만들 수 있다고 생각하자 가슴이 뛰었던 탓이다.

합성 목재인 MDF를 가져와서 자르고, 베고, 다듬고, 붙인다.

그 위에 이쁜 인테리어 필름으로 원목의 색감을 최대한 구현한다. Oak, Walnut, Cherry, Beech, Maple까지. 고운 결과 투박한 무늬, 진하고 옅은 색조까지. 가족들에게 가장 잘 어울릴 수 있는 단아하면서 멋진 칼라를 찾고 또 찾는다.

동료들은 오래 된 현장의 경험을 되살려서 최적화된 장식을 해줄 것이다.

그의 땀, 그의 숨결, 그의 집, 그의 공간이다.

어미 새가 품어 주고 새끼들은 즐겁게 재잘거리는 따스한 보금자리가 되기를 희망할 뿐이다.

❋

시진핑과의 첫 접견은 얼마 후 곧 이루어졌다.

사전에 많은 인원을 대동하지 않기로 약속한 관계로 – 지금은 회장이라는 가칭을 가지고 있는 (주)AMC의 정현수 회장과 (주)AMC의 차기 중국 법인장으로 내정된 서정훈 사장, 이렇게 두 명만 시청의 집무실로 들어설 수 있었다.

"반갑습니다. 시진핑 서기님."

"아, 이 분들이 바로 한국의 그 손님들인가?"

뒤에 시립해 있던 시진핑의 비서가 소영봉 부시장을 힐 끗 보더니 말을 받았다.

"그렇습니다. 아직 젊은 나이지만 한국에서 전도가 유 망한 기업가입니다."

"반갑소. 이곳 복주시의 서기이자 총 책임자인 시진핑 이라 하오. 자, 편히 앉아서 이야기를 해봅시다."

"처음 뵙겠습니다."

정현수는 슈트의 단추를 제대로 여몄는지 확인하면서 바로 앞에 앉아 있는 시진핑을 천천히 뜯어보았다.

회귀 전과 비교하면 확실히 젊어 보였다. 아마 이제 40 대 초반일 것이다. 살집이 있는 얼굴은 예나 지금이나 후 덕한 느낌으로 인자하게 다가왔다.

이런 외모가 주는 플러스적인 이미지는 훗날 상하이방, 태자당, 공청단이라는 거대 정치 파벌 속에서 적을 만들지 않으면서 1인자의 위치에 오르는데 결정적인 작용을 한다.

물론 시진핑은 아버지 시중쉰의 강력한 후광 덕택에 엘 리트 코스를 밟아서 출세가도를 달린 인물은 맞았다. 그렇 다 해도 지금과 같이 1인자가 되기까지에는 시진핑 본연 의 뛰어난 정치 감각과 유연한 처세술이 바탕이 되었음은 부연하기 어려운 사실이리라.

시진핑은 직설적으로 질문을 던졌다.

"투자금액이 5천만 불이라 들었는데 솔직히 좀 놀랐소. 이 정도 규모라면 올해 중국 전체를 통틀어도 몇 손가락 안에 꼽힐 만큼 대형 투자가 아닐까 생각되는군요. 젊은 분이 재력이 대단하네요."

"별 말씀을. 과찬이십니다."

"중국어도 꽤 잘하는군요. 발음이 약간 딱딱한 점을 제외하면 들을만합니다. 의류 공장이라…. 규모는 어느 정도나 예상하나요?"

"저희는 옷의 원재료인 원사만 수입하고 그 외에 실을 옷감으로 짜는 편직/제직 단계와 염색, 봉제 가공까지 한 번에 처리할 수 있는 대규모 투자를 준비 중입니다."

"흠, 그 정도면 고용 효과가 상당하겠군요."

"아직 유동적이기는 해도 2만 명 정도는 채용할 생각입니다. 물론 추후에 사업이 더 잘 되면 증원도 고려해야겠죠."

"그런가요? 그런데 판매처는 확보해 놓았습니까?"

"디자인 센터는 한국에 마련할 예정입니다. 또한 한국에서 AMC 자체 브랜드로 대리점을 모집하면 자연스럽게 중국 내 공장의 생산 수요는 충족 가능하지 않을까요?"

"그래도 2만 명이면 매출이 높아야 되지 않겠습니까? 혹시 AMC에서는 미국이나 유럽 쪽 수출은 고려해 본 적이 없습니까?"

"당연히 한국 시장뿐만 아니라 세계 시장쪽도 공략을

할 겁니다."

"전망은 어떻습니까? 괜찮습니까?"

"공장 설비 원사를 원단으로 만드는 편직기 3 백대를 일본의 Daito社에서 직수입하고, 실켓가공부터 염색, 건조, 텐타 가공, 방축의 전처리 공정의 자동화 설비 기계도 독일에서 들여올 계획입니다. 그 외에 재단을 하고 옷을 만드는 봉제 라인은 사실 원단 비용을 제하면 대부분이 인건비 싸움이라 보면 됩니다."

"……."

기실 그는 회귀 전, 동대문에서 중국과 도소매 의류 오퍼상을 하던 여자와 잠시 사귄 적이 있어서 그 쪽 용어 몇개 정도만 아는 것이 전부였다.

최악의 경우 적자가 펑펑 나고, 일거리가 없어서 공장을 놀리더라도 중국인의 월 인건비가 한국 돈으로 2만원 - 3만원하던 시절이다.

반면 천억이라는 중국 돈이 계좌에 잠을 자고 있었으니 그가 이토록 자신만만해 하는 것도 무리는 아니었다.

현수는 다시 말했다.

"한 달에 200위안 수준의 월급 정도는 2만 명으로 계산할 때 공장 관리비가 1억 위안 정도 예상됩니다. 허나 매년 그 정도 비용은 실제 (주)AMC의 재정 능력으로 볼 때 큰 문제는 없을 것 같네요."

"우리가 도와드려야 할 부분은 뭐가 있죠? 기탄없이 말해 보세요."

"저희가 서기님께 요청하는 것은 교통과 전기, 입지 여건이 좋은 대규모 공단 부지를 저렴한 가격에 주실 수 있는 지 여부입니다."

중국 방문 전, E-LAND로부터 영입한 차현태로부터 의류 업계의 현실 및 기본 프로세스, 공장 건립 시 유의점에 대해 미리 준비를 한 점이 결론적으로 이롭게 작용한 것일까?

시진핑은 정현수 회장의 충실한 설명에 감명을 받은 듯 정직하게 고개를 끄덕였다.

곧이어 그의 요청에 무언가를 생각하면서 비서에게 고개를 돌렸다.

"염 비서? 거기 어디지? 진안구 북쪽에 푸저우 산림 휴양공원 옆에 남아 있는 유휴 토지는 어떤가? 이쪽 한국 분들에게 매각하는 것도 괜찮지 않을까?"

"나쁘지 않아 보입니다. 위치도 시내에서 그리 멀지 않고."

"그 토지 면적이 얼마나 되지?"

"대략 2백만 평 정도입니다."

"음, 너무 많지 않나? 정 회장 의견은 어떻소? 설마 2백만 평 전부 다 원하지는 않을 테고…. 오십만 평 정도면 괜찮지 않을까요? 만약 괜찮다면 가장 좋은 조건으로 그 쪽에 토지를 매각하는 방법을 강구해 보겠소."

현수는 재빠르게 눈을 깜박이면서 또릿한 어조로 부탁했다.

"위치가 어떤지 직접 현지 실사를 해보고 싶네요. 그리고 5십 만평이 아니라 2백만 평 다 주시면 안 될까요?"

소영봉이 약간 우려의 눈빛으로 참견했다.

"그렇게 많은 토지가 필요합니까? 최근 중앙 정부에서 각급 산하 기관에 하달된 지침을 보면 토지 분양이나 매각 시 반드시 목적성에 맞게 매각을 해야 한다고 명시 되어 있습니다."

"의류 공장 말고도 해야 할 비즈니스가 많습니다. 추후에 다른 여러 업종의 공장 용지까지 고려해 보면 2백만 평도 부족할지 모릅니다."

"그렇지. 좋소."

"저는 기업가입니다. 저희로서는 가장 혜택이 좋은 지역에 투자를 하는 것이 당연하다고 봅니다. 세금 문제도 잘 부탁드립니다."

"세금 문제는 그렇잖아도 나중에 관련 기관과 잘 협의해서 파격적인 혜택을 드리도록 할 테니 걱정 마세요."

"고맙습니다."

2백만 평이라니.

중국 평수 2백만 평이면 한국 평수로 대략 60만평에 해당하는 수준이다. 사실 의류 공장을 아무리 대단위로 운영한다 해도 터무니없이 넓은 면적임은 확실했다.

그럼에도 그는 회심의 미소를 지었다.

한국과 달리 중국은 비업무용 토지는 매매 자체가 원천적으로 금지 되어 있었다. 물론 훗날 점점 더 개방을 하면서 이런 규제도 점차 완화가 되지만, 현재로서는 이 방법이 최선이었다.

투자와 공장, 지역 경제 활성화라는 당위성을 바탕으로 이 이만한 규모의 땅을 얻을 기회가 온 것이다.

물론 아직 평당 토지 사용권의 매각 금액이 어느 정도 수준인지는 몰라서 쉽게 샴페인을 터트리기는 어려웠지만, 그렇다 해도 이문이 남는 장사는 틀림없었다.

100조를 향해서

NEO MODERN FANTASY & ADVENTURE

Part 8-2. 상대의 카드를 읽는 눈 ; 예측

Part 8-2. 상대의 카드를 읽는 눈 : 예측

그 후부터 세부적인 기타 사항들은 서정훈 중국 법인장과 의류 전문가 차현태에게 복주시의 담당자들과 직접 검토 및 협의를 하라고 지시를 내렸다.

이런 종류의 계약은 결국 투자 협정서를 이끌어내는 것이 주목적인데 이미 복주시에 투자를 하기로 마음을 먹은 상태라 쌍방은 큰 무리 없이 빠르게 협상을 진척시킬 수 있었다.

그 사이에 정현수 회장 이하, 서정훈 사장, 차현태 전무만 남기고 다른 임직원들은 한국 쪽 업무 관계로 모두 귀국했다.

그렇게 일주일이 더 지났다. 시진핑 서기와 복주 시장

27

동재춘, 그 외에 고위 수뇌부들이 주최하는 대규모 만찬이 한국에서 온 손님을 위해서 또 베풀어졌다.

이른바 꽌시를 중요시 하고, 체면과 형식을 따지는 중국식 접대 방법이다.

투자 협상의 속도는 빠르게 진행되고 있었다.

가장 중요한 토지 매각 가격을 제외하면 기타 세금 우대 정책과 고용에 따른 지역 경제 활성화, 상하수도 설비 증축 및 가용 전력 시설에 대한 요구 등, 한국 측의 폭넓은 양보를 바탕으로 상당수가 원만하게 합의가 진행된 시점이었다.

그 이면에는 '웬만하면 중국이 원하는 대로 해주라'는 현수의 특별 지시가 있었음은 서정훈 사장과 차현태 전무만이 아는 비밀이었다.

원래 시진핑은 주량이 상당했다.

그런 시진핑도 술잔이 계속 돌고, 건배를 하자 어느덧 취기가 올라와 얼굴은 잘 익은 홍시처럼 변해 있었다.

인간은 환경과 조건에 따라 변하는 카멜레온과 닮았다.

시진핑과 첫 대면을 했을 때만 해도 두근거리는 초조함으로 흥분을 감추지 못했었다. 그런데 각종 만찬이 이어지면서 3번째 얼굴을 마주하니 이제는 꽤 무덤덤해졌다.

조물 3

현수는 주위를 천천히 살폈다. 꾸준한 기다림 끝에 목적했던 시간이 도래했음을 인지한 것이다. 내심 속에 있는 이야기를 할 시점이 무르익었다고 판단한 그는 시진핑 서기에게 정중하게 부탁했다.

"서기님. 따로 긴히 드릴 말씀이 있습니다."

"음, 왜? 이 자리에서는 못 할 이야기입니까?"

"네. 들어 보시면 꽤 가치가 있을 겁니다."

"그러죠. 그럼 이쪽으로 오세요."

뜬금없이 독대를 요청한 한국 젊은이를 응시하던 시진핑은 묘한 눈빛으로 그를 데리고 바깥으로 나갔다.

"…뭡니까?"

그는 이 젊은이가 뇌물이나 선물 따위를 줄 것으로 예측하고 시큰둥하게 대꾸했다. 원래 공직자로 있으면 이런 요청이나 접대는 수도 없이 들어오는 데 그에 어떻게 대처를 하는 지도 처세술의 일종이라 할 수 있다.

정현수 회장은 부드럽게 미소를 지었다.

"솔직히 말씀드리죠. 제 자랑은 아니지만 제가 이 나이에 이 정도 기업을 키운 것은 일반인과 다른 어떤 예지력과 같은 감각이 있었기 때문입니다."

"예지력?"

비록 발음이나 성조가 약간 서툴렀지만, 대화를 이어가는 데는 큰 문제가 없는 중국어 실력이다.

지금까지는 형식적인 미소로 일관하던 시진핑 서기의 입가에 본심이 드러난 것은 그 때쯤이었다.

"네…. 말 그대로 미래를 읽는 눈입니다."

"호오? 그게 정말인가?"

"사실입니다. 물론 국제적으로 큰 뉴스 혹은 그것도 일부분만 가능하지만 지금까지 100% 맞았습니다."

"흠."

그는 반신반의하는 눈치였다.

좀 더 정확하게는 내가 이 사기꾼 놀음을 언제까지 받아 줘야 하는 지와 같은 짜증이었다. 현수는 일부러 통역을 부르지 않았다. 어떤 이와 교감을 하기 위해서는 그 나라로 된 언어의 대화가 필수다.

"제가 이곳을 찾은 이유는, 그리고 중국의 변두리 지역이라 할 수 있는 복건성까지 온 목적이 대체 무엇 때문인지 아십니까?"

결국 시진핑은 인내심의 한계를 보이는가 싶더니 언성을 높이면서 불만을 터트렸다.

"이 친구! 진짜!"

"무례하지만 더 들어 봐 주십쇼. 제가 여기에 온 목적은 미래에 시진핑 동지께서 중국의 1인자가 되는 모습이 머리 속에 그려졌기 때문입니다."

"어허! 어디서 함부로!"

"조만간에 한중 국교 정상화가 수립될 예정입니다. 아직 뉴스에는 뜨지 않았지만 저희 대통령이 중국의 양상쿤 주석을 만나기 위해 중국도 방문할 것입니다."

"……."

"올해 미국 대통령 선거가 12월에 결정됩니다. 그리고 그 전인 11월 초가 되면 거의 확정이 되죠. 올해 대통령은 빌 클린턴이 됩니다."

"민주당의 아칸소 주지사 말인가?"

정현수 회장은 또릿한 어조로 말했다.

"네. 또한 내년 초에 취임하는 한국 대통령은 김영삼 대통령이 될 겁니다."

"부시가 빌 클린턴에게 여론 조사에서 우세를 보이고 있는 점을 빼고는 누구나 그 정도 예상은 할 수 있지 않을까?"

"중국에서는 내년에 양상쿤 주석이 물러나고 상하이의 장쩌민 서기가 주석직에 오르게 됩니다."

시진핑의 동공이 순간 크게 확장되기 시작했다.

현재 장쩌민이 실권자임은 맞지만 아직 중국의 9인 상무 위원회에서는 후대의 계파 문제로 수면 밑으로 치열하게 정파 투쟁 중이었다. 그 때문에 중국 정치권은 여전히 다양한 변수가 존재했다. 그럼에도 이 젊은 친구는 너무 쉽게 다음 대 주석을 장쩌민으로 확언했으니, 시진핑으로서는 의문문을 던질 수밖에 없었다.

"정말인가?"

"네. 한 번은 우연일 수 있고, 두 번이 겹쳐져도 운이라 할 수 있지만 그게 세 번 이상이 넘어가면 확률의 논리로 보면 아주 어렵죠. 수학을 배웠다면 다 아실 겁니다. 또 하나 더! 2000년에 열리는 올림픽 개최를 위해서 중국 베이징시가 전력을 기울이는 상황 아닌가요?"

"뉴스를 봤나 보군. 정확히 맞추었네. 요즘 중앙 지도부에서 심혈을 기울이는 중이지. 그런데 뭐 좋은 소식이라도 있나?"

"안타깝게도 2000년의 올림픽 개최지는 맨체스터, 베이징시, 이스탄불을 제치고 호주 시드니가 될 겁니다. 국제 올림픽 위원회인 IOC는 관례적으로 차차기 올림픽 개최지는 항상 내년 이맘때쯤에 발표를 하죠."

"그 표정을 보니 자네? 자신 있는 것 같군."

"네. 지금이야 저에 대한 신뢰가 없는 것은 당연하겠지만, …1년 뒤에 이 자리에서 다시 저를 만나면 아시게 되지 않을까요? 제가 어떤 사람인지를?"

시진핑은 살짝 인상을 찡그렸다. 그가 사기꾼인지, 혹은 아닌지 몰라도 중국에서 관리의 길은 겉으로 보이는 것과 달리 추하고 비열했으며 치열했다.

모략과 암투, 더러운 정쟁 속에서 상대를 짓밟고 올라가야 한다. 자신이 미래 중국의 1인자가 될 것이라는 달콤한

아부 섞인 말에 취하면서도 한편으로는 지금은 보다 솔직
해질 필요성을 느꼈다.

한중 국교 정상화는 정치권에 일정한 라인만 있으면 미
리 정보를 얻을 수 있었다. 허나 정보를 막상 얻으려면 쉽
지 않을 것이다.

그리고 연이어진 예측들.

미국 대통령과 한국 대통령 선거의 결과, 심지어는 내년
에 결정되는 미래의 올림픽 개최지까지 맞춘다는 게 가능
한 것일까?

특히나 현 미국 대통령 선거는 부시의 압도적인 여론 조
사의 우위 속에 진행되는 중이다. 만약 어떤 베팅에서 이
길 확률이 30%라면 그것이 동일한 확률로 중첩이 될 경우
3번 다 이길 확률은 불과 3%에 불과하게 된다. 그리고 그
예측이 4번, 5번 연달아 맞게 되면 그것은 우리는 기적이
라 불러도 되리라.

정말 그가 보통 인간이 아닌 존재라면 그도 이제는 정중
하게 예의를 갖춰야 한다고 생각했다.

시진핑은 미약하게 숨을 내쉬며 말했다.

"휴우, 더 이상 가식적인 거짓말은 안하겠네. 만약 방금
한 예측들이 전부 들어맞는다면 나는 자네를 더 없이 높게
평가할 것은 틀림없네."

"아마 시진핑 서기님의 장래 공직의 길에 조금은 도움이

될 겁니다."

"똑똑한 친구로군. 외국어를 이 정도나 하는 수준도 놀랍지만 진정한 파트너가 되기 위해서는 서로에게 이익이 될 수 있는 관계야 말로 최고의 정치력이라 할 수 있겠지."

"과찬이십니다."

"과찬은 아니네. 만약 그게 사실이라면…."

시진핑은 남아 있던 중국 마오타이 한 잔을 들이 마시면서 말꼬리를 흐렸다. 현수가 아부 섞인 표정으로 대답했다.

"앞으로 힘닿는 한 많은 도움을 드리겠습니다. 그것이 무엇이든 말씀만 하십쇼."

"도움이라? 좋군, 좋아."

이 우스꽝스런 장난 아닌 장난이 나름 먹혔던 것일까?

시진핑은 그 전까지 보여준 특유의 형식적이고 거리감 있는 미소와 달리 다소 인상을 찡그리면서도 어느덧 친한 아저씨처럼 호방하게 굴고 있었다.

그럼, 이제 러시아로 날아갈 차례였다.

블라디미르 푸틴.

현재 러시아의 상트페테르부르크 시의 해외위원회 위원장이자 대표자 회의 의원 보좌관이다.

이쪽은 오히려 더 쉬웠다. 미래 러시아의 1인자가 될 푸틴은 시진핑과 달리 아예 실권이 없는 한직에 있었던 탓이다.

거기다 그가 맡은 직책인 해외 위원회는 유명무실한 곳이었다. 그런 몇 가지 이유로 현수는 중국처럼 거액의 투자가 아닌 그저 한국 중소기업 시찰단 명목으로 푸틴과 접촉 예정이다.

푸틴은 샹트 페테르부르크 시에서 몇 년을 더 뒹굴다 모스크바로 간 후부터 세계 역사상 유래가 없는 초고속 성장을 거듭하여 결국 러시아의 1인자가 된다.

지금이 푸틴의 가치가 가장 낮은 시기였다.

시간이 조금만 더 지나면 푸틴과 접견을 하려고 해도 불가능해질 것이다. 그는 일행 일부를 데리고 바로 러시아로 건너갔다. 그가 도착한 곳은 모스크바가 아닌 샹트 페테르부르크시였다. 그 후, 푸틴과 만남을 통하여 샹트 페테르부르크 산하의 필하모니 교향악단에 (주)AMC의 명의로 매년 5십만 달러씩 후원하는 재정적 후원자가 되는 계약을 맺게 된다.

샹트 페테르부르크는 1980년까지만 해도 레닌그라드로 유명한 도시였는데 원래 이름은 '레닌그라드 필'이라고 음악적으로 유럽에 널리 알려진 악단이었다.

허나 공산주의 체제가 급격하게 붕괴되면서 이 레닌그라드 필은 악단의 월급조차 못 줄 정도로 형편이 어려운 상황으로 빠지게 된 것이다.

동시에 정현수 회장은 시진핑 때와 마찬가지로 동일한 수법을 써먹게 된다.

　　바로 미국 대통령 당선자 및 한국 대통령 당선자, 중국 다음 대 주석과 같은 예측이다.

　　그에 따른 반응은 푸틴이라도 크게 다를 바 없었다.

　　그 틈을 이용해서 현수는 매달 미화 5만 달러씩을 푸틴이 지정한 계좌로 넣어 주기로 약속을 했다.

　　베팅을 하려면 크게 한다. 그게 그의 신조였다.

　　푸틴의 입장에서는 어이가 없었지만 그럼에도 나름 강골의 전직 KGB 출신이 수락을 한 이유는 다음과 같았다.

　　그 첫째는 돈을 먹어도 후환이 거의 없는 외국인이라는 신분과 두 번째는 처음부터 예언이네 뭐네 하면서 자신이 몇 년 후에 러시아의 대부가 될 거라는 기가 막힌 확신 때문이었다.

　　그래서 이 한국 놈은 훗날 잘 부탁한다는 의미에서 미리 기름칠을 하는 것이라 하는 데 딱히 거절할 이유가 없었던 것이다. 또한 자신에게는 손해가 전혀 없는 공돈이었다. 그는 청렴한 인물이 아니다.

　　호기심도 살짝 느껴진다. 정말 그의 예측처럼 그가 러시아의 대통령이 될 수 있다면 - 비록 허무맹랑할 지라도 - 이 정도 호의에 대한 대가는 얼마든지 갚아줄 수 있다는 이기적인 마음도 한 몫 한다.

푸틴의 아내는 물가는 연일 오른다면서 잔소리다. 교육비가 만만치 않은 국제 학교에 두 딸을 보내기 위해서라도 필요했다.

현재의 자리는 불행하게도 떡고물이 떨어질 수 있는 위치도 아니었으니 (주)AMC에서 제의한 거래는 달콤한 악마의 속삭임이나 다를 바 없었다.

그는 예나 지금이나 – 아무리 겉포장을 한다 해도 전형적인 부패하고 탐욕 많은 정치인 중의 하나일 뿐이다.

용산역은 예나 지금이나 붐볐다. 저 높은 국제 빌딩, 그리고 맞은편에 용산 중앙대학교 부속병원이 시야에 어른거렸다. 다시 눈을 왼편으로 돌려서 조금만 더 진입하면 붉은 창문으로 감싼 창녀촌이 나타난다.

현수의 볼이 살짝 실룩거리던 시점은 그 때였다.

왜 왔지? 잊고 있었는데, 아니 잊었다 생각했는데…

이를 깨물었다.

안타까움, 쓸쓸함, 죄책감, 먹먹함, 아련함 따위의 복잡다변한 감정이 쏟아져 내렸다. 그 느낌은 마치 홈질해서 시접한 옷의 솔기가 한 번에 터지는 그런 느낌이다.

어쩌면 어린 시절, 부모의 손에 억지로 이끌려 치과를 방문하던 쓰린 추억과 같은 주저함인지 모른다. 그 망설임은 섬광처럼 스쳐갈 따름이다. 그 당시 백색의 치과는 오기 싫었지만 와야 했던 곳이었다.

망각 속의 기억이라고 애써서 외면했었다.

회귀 전의 그에게 용산은 아픔이었다.

그리고 회한이다.

그럼에도 나약한 육체는 거북이처럼 엉금엉금 걸음을 뗐다. 굴다리를 지나 나진 전자 도매 상가를 마주하고, 용산 전자 랜드가 보인다.

그 전자랜드 옆 주차장의 오른쪽 라인을 쭉 둘러보기 시작했다. PC, 소프트웨어, 각종 게임, 통신 등 난잡한 간판이 둘러싸인 그 사이의 구석으로 진입하자 '라임 유통'이라는 상호가 눈에 띄었다.

'예전이나 지금이나 똑같구나.'

알 수 없는 안도의 한숨이다. 하지만 그는 마지막까지 주춤거려야 했다. 과연 이 선택이 잘하는 건지 확신이 안 섰던 탓이다. 그럼에도 일단 보고 싶었다.

지금 그녀는 무엇을 하는 지 만나는 게 좋다 느꼈다.

유리문을 밀치고 들어섰다. 뒤이어 각종 불법 소프트웨어와 PC 게임을 판매하는 다양한 진열장이 보였다.

그는 고개를 들어 정면을 응시했다. 그러자 어떤 젊은 아가씨가 부드럽게 웃으며 물었다.

"어떻게 오셨나요?"

"…그냥 구경만 좀 할게요."

"그러세요."

"그런데 여기 혼자 근무하시나요?"

약간 통통한 살집에 주근깨가 덕지덕지 붙은 아가씨에게 실망한 기색으로 질문하는 현수였다. 그러자 아가씨는 난감한 표정으로 대답했다.

"아뇨. 근데 왜 그런 질문을…?"

"아, 아닙니다. 그보다 요즘 게임 뭐가 재미있죠? 추천 좀 해주세요."

현수는 말꼬리를 급하게 흐리더니 진열대 위에 장식된 수많은 CD를 슬쩍 훑어보기 시작했다. 아가씨가 정중하게 말했다.

"원숭이 섬의 비밀? 해보셨어요? 어드벤쳐 게임인데 이거 요즘 진짜 잘 나가는 데…."

"원숭이 섬의 비밀? 그거 말고는 또 없나요?"

"시뮬레이션 게임은 어떤가요? 문명Civilization이라고 올해 나온 게임인데 인기가 상당해요."

"아, 문명? 그 문명이 올해가 첫 버전인가 보네요."

"네엣?"

현수는 혼자서 뜬금없이 중얼거렸다.

훗날 시드마이어가 제작한 턴제 전략 시뮬레이션 게임의 시조를 지금 보게 되자 놀라서 감탄사가 튀어나온 것이다. 그 후, Doom, Myst, Sim city, War Craft, Star Craft 까지 시간이 흐름에 따라 유명한 PC 게임이 출시될 것이다.

이런? 왜 잊고 있었을까?

기왕 게임 소프트웨어 회사도 설립했으니 회귀 전에 인기를 끌었던 유명 게임을 미리 개발하는 것도 나쁘지 않을 것 같군.

전생의 와이프가 없었던 탓일까.

그는 몇 가지 아이디어를 번득이면서 한층 여유로워진 모습이 역력했다. 하지만, 그 뒤로 문을 열고 들어온 한 젊은 아가씨의 인기척에 그 모든 잡념은 사라지고야 만다.

"지아 언니! 붕어빵 맛 좀 보세요."

"웬? 붕어빵?"

"방금 사서 아주 뜨끈 뜨끈하네."

"괜찮아. 밥 먹은 지 얼마 안 돼서. 그보다 여기 손님 좀 봐. 나 아까 못한 장부 정리 좀 하고."

"네, 그러죠. 뭘 도와드릴까요? 손님?"

"……."

그 때 시계의 초침은 아주 짧게 이 세계를 정지시켰다. 현수는 그녀의 등장에 신경이 마비되어 굳은 것처럼 경직된 석상처럼 서 있었다.

선재은… 회귀 전의 와이프였다.

그녀를 사랑하지 않은 것은 아니다. 장점도 많은 여자였다. 하지만 그 반면으로 자신에게 비수처럼 상처도 많이 준 여자이기도 하다.

평범한 외모에 약간 덤벙거리고, 잔웃음이 많았지만 쉽게 주위의 분위기에 잘 휩쓸리는 유약한 성격을 가졌다.

그녀의 집안도 그의 집만큼이나 빈곤했다.

그 당시만 해도 그것이 사랑인줄로 착각했었다.

양가집 모두 경제적으로 뒷받침이 불가능한 상황에서 학력도, 그렇다고 능력도 없는 신혼 남녀가 불타는 애정만으로 이 세상을 사는 것은 결코 만만치 않았다.

툭하면 싸움의 연속이었고 툭하면 짜증이다.

그 둘에게 이해심이란 애초부터 존재하지 않았다. 설거지는 언제나 한 가득이었고, 쓰레기는 늘 널부러져 방을 뒹굴었다. 지친 몸을 이끌고 힘겹게 맞벌이를 해도 항상적자였다. 그리고 막판에는 외도까지 한다.

어디 그 뿐인가. 손윗 처남인 와이프의 오빠는 사업을 벌인다고 그나마 그들이 모아둔 돈까지 홀라당 거덜을 내고야 만다. 와이프만 문제가 있는 것은 아닐 것이다. 회귀전의 그 또한 많은 문제가 존재했었다.

그 후 그들을 향해 다가오는 마지막 열차는 운명이 예정된 지옥행 급행 열차였다.

그런 과거에 이번 생애는 그녀와 접촉하지 않기 위해 부단하게도 기억을 회피해야 했다. 그것이 서로의 행복을 위해 옳은 길이라 믿었던 탓이다.

지나고 보면 과연 서로가 사랑을 했는지도 의문이다.

그는 머뭇거리다가 대답했다.

"아, 아닙니다. 그거 원숭이 섬의 비밀, PC게임 하나 주세요. 얼마죠?"

선재은은 비닐 봉투에 게임을 담으면서 야무진 어조로 말했다.

"5천 5백원이에요."

"여기요. 그럼…."

"고맙습니다. 다음에 또 들려주세요. 손님."

그는 종종걸음으로 급하게 라임 유통을 나섰다. 폭포수와 같은 눈물이 금방이라도 쏟아질 것 같았기 때문이다.

100조를 향해서

NEO MODERN FANTASY & ADVENTURE

Part 8-3. 상대의 카드를 읽는 눈 ; 예측

Part 8-3. 상대의 카드를 읽는 눈 ; 예측

요 며칠째 아들, 딸 생각이 자꾸 났다. 눈에 넣어도 아프지 않는 그 앙증맞은 아이들이 꿈에서도 등장한다.

사실 그래서 여기까지 무거운 발걸음을 뗀 것이다.

정형진, 정예림. 회귀 전 아이의 이름이다.

지금쯤 어떻게 살고 있을까?

아버지와 어머니가 죽고 이 춥고 험한 세상을 우리 아이들은 어떻게 보내고 있을까.

미안하다. 미안해. 정말 미안해.

우리 아가들. 모두가 이 못난 아비 때문이다. 어떡하지? 우리 아이들? 다시는 영원히 오지 못하는 평행 세계에서 그 착한 아이들은 세상을 저주하면서 살고 있을 것이다.

타인에게 천대 받고, 멸시 받고, 모욕을 받으면서.

부모가 없는 아이의 삶이란 그게 더 정상일 것이다.

순간 역겨움이 솟구쳤다. 스스로에 대한 미칠 것 같은 분노였다. 텅 빈 위장에서 쓰린 신물이 올라와 구역질이 날 듯 하다.

결혼 전에는 기혼자의 자식을 보면서도 그저 겉으로만 형식적인 칭찬으로 일관했던 것으로 기억난다.

그 때만 해도 아이들은 그저 자신에게 거추장스런 존재일뿐이라 단정했던 것 같다.

그러나 현실에서 아이가 태어나고, 그 아이의 기저귀를 갈고, 그런 아이가 기고, 걷고, 깔깔대는 모습에 부모는 이 세상 그 누구보다 행복하게 된다.

그의 아기, 그의 아들, 그의 딸.

너무 보고 싶었다. 다시 만날 수만 있다면….

이름만 불러도 먹먹해진다. 그 흔한 브랜드가 붙은 옷조차 입혀준 적이 없었다.

또래 아이들은 다 있는 중고 갤럭시조차 사주지 못했었다. VIPS, 혹은 베니건스에서 친구들이 외식했다고 자랑할 때 시무룩해 하는 그 어린 표정을 그는 아직도 잊지 못한다.

눈물이 주르르 흘렀다. 그 눈물은 비처럼 그의 슬픔을 다 씻어낼 듯이 폭포수처럼 떨어진다. 다 큰 사내놈이 길을 가면서 미친 것처럼 울고 또 운다.

보고 싶었다. 미치도록 보고 싶었다.

무능력하고 자식에게 죄스럽던 과거의 정현수를 칼이 있다면 난자해서 찔러 죽이고 싶을 뿐이다.

지금 현수의 손에는 평생을 먹고 놀아도 되는 거액의 돈이 있었지만 정작 옆에는 그가 가장 사랑한 자식은 없었다. 심연의 혼돈은 여전히 갈피를 잡지 못하고 방황만 할 뿐이다. 아이 둘을 다시 볼 수만 있다면….

"4급! 방위!"

"……."

"다음!"

최종 신검 판정을 내린 군의관의 투박한 음성과 함께 현수는 병무청을 나서고 있었다.

역시나 회귀 전처럼 평발의 각이 15도가 안 된다는 사유로 단기 보충역인 방위 입대는 똑같았다.

원칙상 고등학교 졸업 후 2년까지는 대입을 본다는 명목으로 미룰 수는 있었지만, 어차피 18개월 방위인 단기사병이다. 출퇴근도 가능하고 수방사쪽에 떨어질 확률이 높아서 크게 힘들지 않을 것이다.

어느 정도 사업의 기반이 닦인 후 내년쯤에 차라리 빠르게 입대를 하는 방향도 고려해봤다.

군대 문제가 해결되어야 훗날 미국 진출이라든지 정상적으로 해외 출입국을 하는 데 애로사항이 없기 때문이다.

그는 택시를 잡은 후, 강남역에서도 A급 라인이라는 테헤란로에 있는 거대한 빌딩 앞에서 내렸다.

'이 건물인가? 대체 몇 층이야? 휴우.'

고개를 들어 건물의 층수를 무의식중에 헤아려 봤다. 확실히 높았다. 지상 21층에 현관 로비는 탁 트인 탓에 절제된 압도감을 자랑했다. 겉의 외벽은 푸른 색감이 도는 전면 커튼월 장식에 깔끔하면서도 세련된 건축미를 뽐내는 그런 느낌이다.

오후 2시에 부동산 중개소 사장과 만나기로 약속을 했는데 예정보다 일찍 도착한 탓에 그는 어쩔 수 없이 건물 내부로 성큼 걸어갔다.

경비는 겉보기에 너무 앳되어 보이는 현수를 보더니 고개를 갸우뚱거렸다.

일반적으로 방문객은 두 분류로 나누어지는 데 하나는 1층이나 지하층에 커피 혹은 식사를 하기 위해 오는 뜨내기 방문객과 다른 하나는 위층의 사무실 근무와 관련된 일행이나 손님이다.

하지만 현수는 그 어떤 부류에도 속한 것처럼 보이지 않았다. 그는 로비에서 멈칫하다가 뒷면의 아크릴판에 적힌

Information List의 입주 기업 리스트를 살펴보기 시작했다. 경비는 전형적인 잡상인이라 직감하고는 강하게 제지했다.

"저기 실례지만? 몇 층에 볼 일이 있으신가요?"

"아, …그게."

"죄송합니다. 저희 빌딩은 신원이 확인되지 않은 사람은 함부로 출입을 시키면 안 되어서요…."

"뭐라고요? 방금 뭐라고 하셨죠?"

"잡상인은 출입 금지입니다."

"휴우, 대체 뭐하는 짓인지? 이봐요. 아저씨?"

"흠…."

"저는 당신이 생각하는 것처럼 빌딩 타고 물건 강매하고, 보험 영업 하는 사람이 아닙니다."

현수는 기분이 상했는지 냉랭하게 말을 내뱉고 있었다. 나이가 꽤 많은 경비원은 이해한다면서 다소 좋게 대응했다.

"그럼요. 아니겠죠. 그러니 몇 층에 볼 일이 있는 지 말해주시면 되오. 청년 입장은 내가 이해는 하지만 나도 이게 내 밥벌이니 청년이 이해하쇼."

"이거 미치겠네. 쯧."

그 때 뒤에서 이 빌딩을 소개시켜 준 중개업소 사장이 다가오더니 친절하게 인사를 했다.

"아이고. 죄송합니다. 회장님. 제가 많이 늦었네요. 그런데 들어가시지 않고 왜?"

"저도 들어가고 싶지만 이 분이 가로 막아서…."

현수는 난처하다는 듯이 입을 삐죽 내밀었고 전후 사정을 눈치 챈 사장은 경비에게 다가가더니 대뜸 정색을 했다.

"조금 후에 빌딩의 건물주와 미팅을 진행할 예정입니다. 이 분은 현재 이 빌딩 구입에 관심이 있어서 오늘 21층 관리 사무소에서 약속이 된 상태입니다."

"아이고. 진작에 말씀을 하시지. 저는 그런 것도 모르고, 청년… 내 미안하네."

"괜찮아요. 뭐 어쩌겠습니까? 아저씨는 아저씨의 본분대로 한 것이고 문제는 외모 때문인데…."

"그러게 왜 함부로 그래요? 이 분이 어떤 분인지 알고 그러는 겁니까? 거 참 눈치가 그렇게 없어서야."

"미, 미안합니다."

"…아닙니다. 일 보세요."

약간 씁쓸한 기분이 들었다. 빌딩을 구입할 정도 자격을 갖춘 이는 어째서 항상 노인네여야 하는 지 유교적인 이 나라의 통념에 불쑥 불만이 솟구쳤다.

중개업소 사장은 경비를 대할 때와는 전혀 다른 표정으로 싹싹하게 설명했다.

"건물 전체를 한번 둘러보시죠. 주위에 물어 보면 아시겠지만 이 정도 가격이면 아주 괜찮습니다."

"180억에 대지면적 1329m² 면 평당 4천 5백만원 수준이군요. 연면적은 지하 5층에 지상 21층이고 9514m²… 2883평이라."

"비록 테헤란로에서 +A 급 입지는 아니지만 바로 그 다음 입지는 되는 곳입니다. 그냥 보유만 하셔도 토지 가격이 매년 상승할테니 이렇게 확실한 투자처도 없죠."

"건물 전체 보증금은 얼마나 걸려 있죠?"

"전체 임차 보증금은 10억 4천만원에 월 임대료만 6천만원 이상 나옵니다. 연리로 따지면 3.5%인데 위치가 테헤란로인 것을 고려하면 나쁘지 않습니다."

엘리베이터에서 몇 가지 대화를 한 후, 진명 빌딩을 관리하는 직원이 지하의 기계실부터 차례대로 브리핑을 했다. 얼마 후 건물을 다 돌아 본 현수가 대뜸 물었다.

"그러면 17층부터 21층까지는 공실이라는 뜻입니까?"

"네. 전에 있던 삼성생명 테헤란 지점팀이 인근의 신축 건물로 이사를 하고 아직 임차인을 구하지 못한 상황입니다."

"그거 좋군요. 어차피 회사 이전 문제 때문에 빌딩을 매입하려고 생각한 거라서."

"아, 네."

"임차인 중에 크게 말썽부리는 곳은 없겠죠?"

"무슨 뜻인지?"

"나중에 임대차 기간 만료되어서 내보낼 때를 말하는 겁니다."

"술집이 들어오지 않아서 큰 문제는 없을 겁니다. 단지 밑에 헬스클럽 관장이 성질이 좀 있던데 무작정 내쫓지만 않으면 괜찮을 겁니다."

회귀 전에 강남역, 특히나 테헤란로 인근의 토지 가격은 대로변이면 평당 3억이었고, 이면 도로쪽이 위치에 따라 1-2억 수준이었다.

강남역 코너의 뉴욕제과 건물 같은 경우는 평당 5억원을 상회하는 금액으로 외국계 투자 기업에게 매각되었던 적이 있었다.

현 위치로 볼 때 예전이라면 평당 2억은 나오는 물건이라 계산이 가능하다. 허나 1992년인 지금은 평당 5천만원이 안 되는 금액이었으니, 그 때와 비교하면 상당히 낮은 금액이 아닐 수 없다.

다만 자금이 문제인데 지난 3 달 동안 한국에 들어온 현금이 160억 수준에 불과했기 때문이다.

그 중 100억은 자본 증자에 집어넣기로 예정되어 있고, 나머지 20 억은 가족들의 주택 자금으로 건네 준 후다. 또한 샹트 페테르부르크 산하의 필하모니 교향악단과 블라

디미르 푸틴에게도 5억이라는 현금이 지출되었다.

결국 남아 있는 개인 돈은 예전의 예금을 합해도 50억이 조금 못 미치는 수준이다.

물론 중국에서 외화 밀반출이 가능한 해외 기업 몇 군데와 이야기가 지금도 진행 중이라 시간이 지나면 꾸준하게 자금은 들어 올 것이다.

거기다 정 급하면 은행 담보 대출이나 회사 자금을 끌어 쓰면 되니 큰 문제는 아닐 것이다.

빌딩의 오너가 된다.

이른바 건물주가 되는 것이다. 서민들이 손가락질 하는 초고액 자산가로의 진입이다.

회귀 전에는 감히 상상도 못해 본 사건이었다. 그것도 골목에 있는 3-4층짜리 구닥다리 낡은 건물이 아니다.

대한민국 자본의 중심이라는 테헤란로의 메인 빌딩 중 하나였다. 이런 상상을 하자 괜히 즐거워진다.

어깨가 저절로 들썩여졌다.

이 높은 빌딩이 그의 소유로 등기부등본에 '정현수'라는 이름이 적혀질 것이라는 마음을 먹자 세상이 한없이 작아 보였다.

빼곡하게 들어선 수십 군데 입주 사무실, 그 후 노회한 건물주와의 커피 한잔을 마지막으로 계약금, 중도금, 잔금 기간을 정하여 계약서에 날인 서명했다.

내년부터 임차인들을 차례대로 내보면서 (주)AMC의 계열사들이 입주를 시작할 것이다.

　시간이 지나면서 세상은 조금씩 변화가 생기고 있었다. 그 첫 번째로 1992년 8월 24일에 한국과 중국이 적대관계를 청산하고 국교를 정상화를 선포한 사건이다.

　한국 대표로 이상옥 외무장관과 중국 대표 첸지천 외교부장은 북경시내 영빈관 조어대에서 6개항의 〈대한민국과 중화인민공화국간의 외교관계수립에 관한 공동성명〉을 교환하고, 9월에는 노태우 대통령이 중국을 방문하면서 드디어 경제 협력의 물꼬를 트게 된다.

　한편 미국에서는 아칸소 주지사 출신의 무명의 빌 클린턴 민주당 후보가 아이오와 뉴햄프셔 경선에서 선전을 했다. 그리고 그 기세를 몰아서 G. H. W 부시 대통령을 누르고 42대 미국 대통령으로 당선이 된다.

　한국에서는 삼당 합당의 결과물로 김영삼 대통령이 김대중, 정주영과의 대선에서 승리하면서 대통령에 당선되었다. 훗날 정주영은 김영삼과 맞서서 대선에 출마 했다는 이유로 현대 그룹 전체가 정부로부터 대대적인 세무 사찰을 받았던 것으로도 유명했다.

　1993년의 새해가 밝아왔다.

　아직 회사는 여전히 어수선한 상황이었다. 다음 달에 강남역에 매입한 진명 빌딩의 잔금을 치루는 날이었고, 이사를 하려면 약간 시간이 남았다.

　"이게 그거입니까?"

　"네. 이름은 회장님 말씀대로 펫 박스 Pet Box 게임 기로 명명했습니다."

　정현수는 회장이라는 호칭이 아직 낯이 간지러웠고 어색했지만 이제 곧 그룹으로 분할 할 예정이니 더 이상 애들처럼 본부장으로 눈 가리고 아웅하기도 어려웠다.

　그는 회귀 전 지식을 이용해서 그룹 총괄 부회장이자 (주)AMC 사장인 최상철에게 다마고치의 작동원리와 게임 방식 따위를 자세하게 설명해주었다.

　그리고 오랜 기다림 끝에 그에 걸맞게 제작된 샘플 게임 기가 그 멋진 위용을 드러냈다.

　"협상은 잘 되었나요?"

　"다행히 잘 되었습니다."

　"조건은? 제가 말한 대로 진행이 된 건가요?"

　"말씀하신대로 1년에 10만개가 아니라 5십만개를 매입하겠다고 개런티를 하고 그 자리에서 선수금으로 30% 지급한다고 하니 바로 얼굴빛이 바뀌더군요."

　"그럼 단가는 3,600원에서 얼마나 낮췄습니까?"

　"1개당 3,100원까지 낮췄고 5십만 개에 대한 선수금으로 15억 5천만원을 내일까지 지급하기로 약속했습니다."

"뭐, 현찰이야 풍부하니까 걱정 안 하셔도 될 겁니다."

"아, 그러면 게임기 제작하는 데 별 문제는 없을겁니다."

최상철 사장은 짐짓 감탄을 연발했다. 말이 15억이지 이 시대에 15억이면 상당히 큰 돈이었다. 정현수 회장은 회전 의자를 빙그르르 돌리면서 재차 지시했다.

"좋습니다. 향후 펫 박스 게임기는 저희 AMC 게임에서 제작을 담당하시고 유통 및 영업, 홍보는 AMC 유통에게 넘겨주시면 됩니다. 향후 이런 식으로 업무를 계열사간에 분담할 테니 그 사이에서 부회장님이 가교 역할을 잘 해주셔야 합니다."

"네."

"이게 이렇게 작동하는 건가요?"

"네, 저기 건전지를 먼저 꽂고… 네, 네. 그리고 버튼을 누르면 그에 따라 펫이 주인에게 밥을 달라거나 칭얼대기도 하고 다양한 동작을 연출하게 됩니다."

"음, 추후 이번에 새로 뽑은 게임 기술팀에게 지시해서 지금 이 게임기를 A형으로 하고 빠른 시간 내에 Game Mode를 변형시킨 다른 B형, C형 게임기 제작하라고 전달 하세요."

최 사장은 잘못 알아듣겠다는 듯이 고개를 숙이면서 되 물었다.

"구체적으로 무슨 뜻인지?"

"거참 답답하시네? 쉽게 말해서 지금 게임기가 밥 주고 대소변 치우고, 잠을 재우는 기능이라면 B형 게임기는 독서도 시킬 수 있고 산책도 가능한 시스템으로, C형 게임기는 춤도 추고 애교도 부리는 약간씩 시스템상의 메뉴를 변형시키라는 의미입니다. 소비자층을 다변화시키는 게 목적입니다."

"아, 그런 뜻이군요. 그런데 과연 이 게임기가 그 정도로 많은 물량을 소화가 가능하겠습니까? 판매가 부진할 경우도 대비하는 Plan도 짜야 하지 않을까요?"

정현수 회장은 이 말에 내심 웃었다.

기실 다마고치 게임기는 몇 년이 더 지나야 일본에서 정식으로 나오게 된다. 그것을 미래의 지식을 기반으로 아이디어를 베껴서 훨씬 앞당겨 출시하는 것이다.

히트를 안치는 게 더 웃길 정도로 이 앙증맞은 게임기는 어린 아이들에게 전 세계적인 열풍을 일으키게 될 것이다. 부모는 아이가 원한다면 모든 것을 희생할 수 있는 존재이기도 하다.

아이가 게임기를 얻기 위해 작고 여린 고사리 같은 손으로 눈물을 훔칠 때 어떤 부모가 지갑을 열지 않고 배길 수 있을까? 이름은 이제 '다마고치'에서 '펫 박스'라는 명칭으로 출시될 것이다.

"그건 괜찮습니다. 그보다는 나중에 물량이 모자라는 경우를 대비해서 다른 공장도 미리 수배를 해 놓아 주세요."

"지금부터 움직이도록 하죠. 명심하겠습니다."

"또한 우리가 제작 의뢰한 공장은 무조건 독점 납품이어야 합니다. 변호사 데려가서 내일 계약서 작성할 때 손해 배상에 대한 부분을 정확히 명시하셔서 그 놈들이 Pet Box가 잘 팔렸을 때 다른 마음 안 먹게 조치 잘하세요."

그 때다. 전화 교환기에서 여직원의 음성이 울려왔다.

"나라 기획 유민수 사장님 오셨습니다."

"들어오라고 하세요."

"저는 …그럼."

최 사장이 자리를 떠난 후, 나라 기획의 유민수 사장이 노크를 한 후 들어왔다. 현수는 보통 때와는 달리 허리를 펴고 일어나 정중하게 고개를 숙였다.

다른 이는 몰라도 그의 첫 곡을 팔아준 은인이다. 이 정도 배려는 인간이라면 당연한 법이다.

"오랫만입니다. 이거 자주 찾아뵈어야 하는 데 사는 게 바빠서 그만."

"아니네. 사업이 날이 갈수록 잘 되는 모양이군."

"아닙니다."

"겸손은… 겸손도 할 장소를 봐서 하는 법일세. 내 앞에서 굳이 그렇게 가식 떨 필요 없네. 그나저나 대단하군. 그 어린 고등학생이… 어쨌든 창업한지 이제 2년이 넘었나?"

"이거 어쩌죠? 2년이 조금 안 되었네요."

"허허. 대단하군. 대단해."

"후후, 비행기 태우지 마십쇼. 닭살 돋습니다."

유 사장은 껄껄대면서 호탕하게 웃었다.

"닭살은 무슨! 이제 회장님인가?"

"저도 이러고 싶지 않았는데 더 이상 본부장이란 직책으로 활동하기에는 한계가 보이더군요."

"하긴, 사회는 나이보다는 직책이 더 중요하지. 아무튼 듣자하니 이사를 한다고?"

"네. 이번에 강남역에 건물 하나를 제 이름으로 구입했는 데 거기로 엔터 사업팀만 제외하고 전부 이사를 할 생각입니다."

"왜? 엔터 사업팀만 서자 취급하는건가? 이거 이제 보니 아주 몹쓸 사람이군. 쯧."

현수는 그게 아니라면서 정확하게 설명을 덧붙였다.

"그건 아니고 현재 연습생만 30명이 넘는 상황이고 정식으로 데뷔한 그룹만 2팀입니다. 사장님도 아시지 않습니까? 그룹 하나 뒷바라지 하려면 몇 명이 붙어야 하는 지를?"

"힘들지. 힘들어. 매니저에, 코디에, 로비에…."

"그래서 원래는 신사동 가로수 건물은 재임대를 주려다가 엔터 사업팀을 남기기로 한 겁니다. 가요 기획사는 아무래도 다른 일반 회사와 달리 스튜디오나 댄스 연습실, 아이들 숙소와의 거리 문제도 있고 해서 남은 4층 건물은 다 쓰는 것으로 합의를 봤습니다."

"그럼 혹시 자네 우리 기획사 인수할 의향 없나?"

"네엣?"

100조를 향해서

NEO MODERN FANTASY & ADVENTURE

Part 8-4. 상대의 카드를 읽는 눈 ; 예측

"농담이 아니네. 적절한 가격만 맞춰줄 수 있다면 나라 기획을 넘길 의향이 있네."

자세히 보니 유 사장의 눈에는 생기가 없었다. 거무죽죽한 주름위에는 옅은 황달기가 비춰졌다. 현수는 헛기침을 하면서 말했다.

"왜 그러시는 지 이유를 물어도 되겠습니까?"

"간경화라네. 간암으로 전이될 확률이 꽤 높다고 하더군. 젊은 시절 술을 너무 마셨어. 매일 같이 소주를 달고 살았으니 휴우, 어쩌겠나. 내 잘못인 것을…."

그의 목소리는 살짝 떨렸다.

병세가 만만치 않으니 안색이 자연적으로 침울해진 것

이다.

"몸조리 잘하세요. 이제 나이도 있으신데…."

"단도직입적으로 말하지. 어제 대충 나라 기획의 재무
상태를 확인해 보니 부채나 자산이 비슷하더군. 20억! 딱
20억만 내 손에 쥐어주면 다 넘기겠네. 어떤가?"

"그 쪽에 있는 가수나 연예인이 누구누구죠?"

"자네도 잘 알지 않는가? 더블비트와 빅보이즈, 그리고
중견 연기자 몇 명, 신인급 모델 몇 명이라네."

"음…."

얼핏 들어서는 나쁘지 않은 제안으로 보였다. 그가 곡을
주지 않은 탓에 2집 앨범이 생각 외로 판매량이 낮았다 해
도 Double Beat의 인기는 거침이 없이 고공 행진을 하는
중이다. Big Boys는 그 때의 스캔들 이후로 여론의 질타
를 한 몸에 받았지만, 그래도 기본 팬덤이 확고한 일류 그
룹이다.

부채나 자산을 서로 상쇄시키면 이론적으로 자본은 하
나도 없게 된다. 그가 부른 20억이란 액수는 큰 금액인 것
은 분명하다.

허나 지금까지 나라 기획이 연예계에 닦아 놓은 프리미
엄에 대한 대가로 환산해 보면 그다지 비싼 것은 아닐 수
도 있었다. 특히나 이 업계는 유명 스타나 유명 가수를 얼
마나 보유했느냐에 따라서 어깨에 힘이 들어갈 수밖에 없

는 그런 곳이었다.

현수는 미미하게 인상을 찡그렸다.

"그래도 20억은 좀 많군요. 외부 감정 평가 법인에 실사 후, 부채가 자산을 초과하지 않는다는 전제하에 프리미엄이 15억 정도라면 인수를 할 의향은 있습니다."

"그러시게. 먼저 회사의 장부부터 오픈할 테니 그것을 바탕으로 계산하면 되겠군. 그 대신 조건이 하나 있네."

"조건이요?"

"회사 합병시 우리 회사 직원은 전부 고용 승계를 해주게. 조건은 그거 하나인데 괜찮겠나?"

"그 정도야… 큰 문제는 없습니다. 그런데 직원이 몇 명이죠?"

"로드 매니저 애들까지 합치면 모두 18명이네."

"그럼, 알겠습니다. 몸 조심하시구요."

"그러지."

"그보다 앞으로 사장님은 어떻게 하실 예정입니까?"

유 사장은 예전의 그 도도하던 기세는 사라지고 풀이 잔뜩 죽어 있었다. 건강이 안 좋다는 소식에 세상만사가 다 귀찮은 표정으로 조곤조곤 말했다.

"강원도 문막쪽에 별장을 하나 봐둔 게 있네. 거기 내려가서 좋은 공기나 맡으면서 치료에 전념할 생각이야."

"휴우, 몸 보중하세요. 누가 뭐라해도 건강이 최고 아닙니까. 좋은 것도 챙겨 드시구요."

"고맙네. 자네라면 우리 애들 잘 챙겨줄 것으로 믿겠네."

"적어도 도의에 어긋나는 짓은 안하겠습니다."

"그것으로 충분하네."

이제 막 아이돌 그룹이 생겨나는 초창기였다.

비록 가수 전체의 비율로 보면 여전히 싱어송 라이터가 많은 것은 사실이나, 나라기획과 AMC 엔터의 사례를 바탕으로 최근 1~2년 사이에 이쪽 계통에서는 우후죽순처럼 그룹을 데뷔시키는 게 하나의 붐처럼 일기 시작했다.

수학에서는 단순하게 1 + 1 = 2 라는 공식이 성립되지만, 이쪽 바닥에서는 1 + 1 = 3 or 10 이 될 수도 있었다. 일명 시너지 효과의 극대화다.

예전 한국의 S.M 엔터테인먼트나 일본의 자니스의 사례를 보면 극명하게 나타난다.

소속사에 어떤 가수와 배우가 있는 지에 따라서 방송계에서 대우는 하늘과 땅 차이로 나뉘는 법이다.

이 제안은 AMC 엔터의 입장에서도 나쁘지 않은 제안임은 확실하였다.

1992년 MBC 10대 가수 가요제 수상자 목록을 보면 노사연, 강수지, 김완선, 신승훈, 심신, 이상우, Double Beat, Big Boys, Inner Circle, Twinkle로 정해졌다. 이런 명단은 대체적으로 그 해의 앨범 판매량, 방송 횟수, 화제성, 엽서 투표, 해당 방송국에 대한 공로로 산정을 하는 데 다소 보수적인 KBS 방송 가요 대상도 Big Boys 대신에 현철이 들어간 것 외에는 대동소이할 정도였다.

결과론적으로 나라 기획과 합병으로 AMC 엔터테인먼트는 그 해 10대 가수 중 4팀을 보유하면서 연예계의 가히 폭풍의 핵으로 떠오르게 된다.

물론 소수의 보수 평론가는 이런 젊음의 물결에 한탄을 하면서 전통 가요는 이제 죽었다고 비평을 하기도 한다.

어쨌든 한국 가요계는 연습생이라는 전문 인큐베이터 시스템을 통해서 아이돌 시대로 접어드는 계기를 촉발하게 된다.

슬램덩크는 여전히 폭발적인 매출을 기록 중이다. 벌써 8권까지 나온 이 만화책은 전국에 센세이션을 일으키면서 매권마다 기본적으로 20-30만권씩 팔리고 있었다. 허나 기이하게도 화제성은 높았지만, 그 선에서 더 이상 판매량이 늘지가 않았다.

그런 탓에 직원을 파견해서 직접 전국을 돌면서 현장 조사를 벌였고, 거기서 얻은 결과는 슬램덩크의 인기에 편승해서 무단으로 복제한 정체 불명의 만화책이 시중에 범람하기 때문이라는 충격적인 보고서를 제출 받았다.

이에 직원들은 비분강개해서 법적으로 소송을 걸자고 했으나, 현수는 직감적으로 이 문제는 감정적으로 대응해서는 안 된다는 사실을 깨달았다.

그리 쉬운 문제가 아니었던 탓이다. 회귀 후에도 한국의 소프트웨어 및 출판 시장 쪽은 불법 복제나 무단 유통이 P2P를 통해서 공공연하게 이루어졌는데 20년이 더 지난 지금은 오죽할까.

이 부분은 법적으로 간다 해도 실질적으로 얻을 것이 별로 없어 보였다.

슬램 덩크와 몇 종의 인기 일본 만화책으로 출판 사업팀은 간이 추정 결산을 해본 결과 1992년 한해 매출은 37억에 순이익이 무려 18억 2천이 나오는 결과를 얻게 된다.

이렇게 비정상적으로 이익률이 높은 이유는 슬램덩크를 출고할 때 막판에 현수가 출고 가격을 대폭 높인 점이 먹혔다 할 수 있다.

AMC의 엔터 사업팀은 올해 2월에 출격한 이너 서클 inner circle의 'Lights Go On Again 1th' 앨범에 수록된 과거 서태지의 '난 알아요'와 Bigbang의 '마지막 인사' 때문에 1992년 한 해에만 무려 1백 6십만장이 넘는 가공할 앨범 판매고를 올렸다.

4월에 출격한 트윙클 Twinkle 또한 2ne1의 'I don't care'와 4 minute 의 'Heart to Heart'라는 검증된 곡을

바탕으로 'The Name is Twinkle 1th' 앨범이 걸그룹으로 는 드물게 8십 만장 이상의 기록적인 판매고를 올리게 된다.

이를 바탕으로 팬덤은 폭증했고, 각종 GOODS 판매 및 CF, 행사로 이어져서 그해 엔터 사업팀의 매출은 132억에 순이익만 28억을 기록하는 기염을 토한다.

노래방 프랜차이즈 사업팀 또한 압구정 1호점과 종로 2 호점을 기점으로 벌써 직영점만 10호점까지 동시다발적으 로 공사에 들어가 오픈을 시작했다.

물론 노래방 프랜차이즈 팀은 초기 투자비만 계속 들어 간 관계로 각 점포당 권리금까지 포함해서 대략 2-3억의 투자 비용을 계산하면 10호점까지 근 30억 가까운 현금이 투입되었다 할 수 있다.

그나마 최근 들어 하나 둘 씩 오픈한 노래 연습장 직영 점에서 현금이 유입되기 시작했다는 점은 고무적인데, 기 실 그 이면에는 다른 사업팀에서 벌어 놓은 현금을 끌어다 쓰느라 체면이 안 섰던 탓도 있었다.

10호점 공사가 끝나는 대로 백현호 차장은 정식으로 '가맹점주 유치를 위한 Promotion' 기획서를 작성하여 본격적인 광고와 영업을 할 계획이었다.

신혼 집들이를 하기 전에 맛깔 나는 음식과 정결한 테이 블 세팅에 구석구석 대청소를 하는 법이다. 그래야 손님의 눈에 신혼집이 매력적이고 멋지게 다가온다.

서울 시내 각 요지에 세운 직영점의 세련된 시설은 가맹점주의 마음을 뺏을 준비가 이제 되었다고 그는 판단했다.

현수의 계획대로 AMC는 새롭게 일신하여 출발했다. 먼저 AMC 엔터는 사명을 변경하여 (주)AMC가 되었고, 거기에 정관까지 변경하면서 제 3 자 배정 방식으로 유상증자를 해서 현금 100억을 넣었다.

그러면서 자연스럽게 현수의 지분율을 대폭 늘림과 동시에 다시 그 밑으로 (주)AMC가 100% 지분을 보유 방식으로 각각의 자회사를 설립하게 된다.

자연스럽게 각 해당 사업팀 소속의 인원은 강남역의 진명 빌딩으로 이전을 하면서 그 자회사 소속이 되는 것이다. 그 사이에 몇 번의 실사와 협상 끝에 AMC 엔터는 나라 기획과 15억에 인수하기로 결정했다.

엔터 산업의 미래 경쟁력을 고려한 조치였다.

애초 약속대로 송상무 이하 모든 직원들은 기존의 AMC 엔터테인먼트에 흡수 합병이 되었다.

강대수 상무는 AMC 엔터의 사장으로 승진시켰고, 기존 나라 기획의 송희철 상무는 전무의 직책을 주었다. 또한 AMC 엔터테인먼트는 연습생 관리 및 스튜디오 문제 등으로 기존 가로수 길의 4층 건물을 통으로 쓰는 것으로 합의를 본다.

그 외에 (주)AMC는 그룹 부회장 겸 사장으로 최상철이

취임하였다. 그 밑으로 기존 출판 사업팀이 AMC 미디어 텍으로 변신했고, 미디어 텍의 사장은 변창현 부장이 사장으로, 김명조 대리는 부장으로 승진하는 영광을 누리게 된다.

AMC Game은 일단 최상철 사장이 겸임하고 있었다. 그 이유는 아직 (주)AMC가 뚜렷하게 뭔가 하는 일이 없었던 탓이다.

추후에 정현수 회장의 꿈은 소니 플레이스테이션에 대항하는 비디오 게임기를 선보일 Plan 을 준비 중이다.

미래에 스포츠와 춤 동작을 따라 하면서 직접 몸을 움직여 게임을 하는 Nintendo Will의 아이템을 차용할 생각이다.

허나 아직 시기나 역량이 모자란 관계로 먼저 다마고치 게임기인 Pet Box가 우선 주력 제품이 된다. 점점 더 시간이 지나면 Sim City, Star Craft, 리니지, 던전앤 파이터 등 아이템은 무궁무진했다.

Pet Box는 새롭게 뽑은 영업 사원들이 전국의 문구점, 장난감 가게, 대형 마트 등을 돌고 있으나 아직 나온 지 얼마 안 된 탓인지 큰 반응은 나타나지 않았다.

그 외에 AMC 패션이 설립되었으나 몇 명의 베테랑 인력 외에는 뽑지 않은 상황이었다.

이유인 즉, 아직 중국 공장이 부지조차 선정하지 않은 상태라 추후 중국의 의류 공장이 착공되는 시점을 기준으로 디자인 연구 센터 건립 및 영업 인력 확충을 해도 큰 무리가 없다고 판단한 것이다.

AMC 유통은 추후 AMC 계열사에서 출시되는 신제품의 영업과 관리를 맡았고 다른 한 편으로는 편의점 브랜드 'AMC 24'를 런칭 Launching 하라는 지시를 내렸다. 자금은 그 사이에 CMK 무역 외에 홍콩의 다국적 기업과 약정을 맺고, 중국에서 한국으로 2백 8십억이 들어와 있었다.

하지만 현금의 흐름을 세밀하게 살펴보면, 100억을 자본 증자에 썼고, 건물은 180억 중 10억의 기존 보증금을 제외한 170억 가량 현금을 지불했는데 그 중 40억을 전 건물주가 안고 있던 은행 담보 대출을 승계 받았다.

그리고 부모님에게 주택 구입 비용으로 20억을 주었으니 현재 회사 자금이 아닌, 그의 손에 있는 개인 돈은 30억 정도에 불과했다. 다만 회사는 올해에 50억이 넘게 순이익이 발생한 관계로 자금이 여유가 있는 편이었다.

1993년 3월, 드디어 진명 빌딩으로 이전을 한 AMC 그룹은 (주)AMC가 21층을, AMC 미디어 텍이 20층을, AMC Game 이 19층을, AMC 유통이 18층을, AMC Fashion 이 17층을 사용하게 된다.

물론 이번에 대폭 인원을 확충한 미디어 텍을 제외한 다른 자회사에게는 인원에 비해 – 역시나 비효율적으로 넓은 공간이지만, 향후 회사의 규모가 커질 것을 대비해서 큰 면적을 임차했다고 하는 데 아래직원으로서는 딱히 뭐라고 반발할 이유는 없었다.

정현수 회장은 시간을 정해서 각 자회사의 책임자와 담당자만 정해진 순서에 따라 회의실로 불러서 브리핑을 받는 중이었다.

그 중 첫 번째로 AMC 유통에서 새롭게 론칭할 브랜드 'AMC 24'에 대한 기획안 자료를 훑으면서 PT 모습을 지켜보았다. 해당 담당자는 이런 쪽에 경험이 많은 지 간략하면서도 논리 정연한 화술로 이야기를 전개했다.

"…89년에 처음 한국 땅을 밟은 CVS convenience store는 불과 3 – 4년만에 전국에 천 개 가까이 점포가 세워진 상황입니다. 현재 점포수 기준으로 1위 업체는 태인 유통의 Lawson, 2위가 보광의 Family Mart, 3위가 일본계인 7-eleven, 4위가 LG 유통의 LG 25로 조사되었습니다."

"자료를 보면 현재 상위 랭킹 프랜차이즈의 경우엔 전부 자금력이 풍부한 대기업이나 외국계 기업이군요. 이럴 경우 마이너인 우리 AMC 24가 진출하는 데 어떤 차별화된 시스템이 있다고 봅니까?"

"먼저 방송 미디어를 통한 전략적인 타겟형 광고를 집행함과 동시에 판매 촉진에 있어서 경쟁력을 가질 수 있게 저렴하면서도 다양한 품목을 비치합니다. 또한 입지가 뛰어난 점포를 소개하고 Open할 경우 저희가 직접 전문 교육을 실시해서…."

"그만!"

정현수 회장은 언짢은 말투로 단칼에 끊어 버렸다.

그도 그럴 것이 화이트칼라가 잘하는 이른바 전형적인 탁상공론식 보고서라 생각한 것이다.

그는 냉랭한 어조로 반박했다.

"그런 쓸데없이 미사여구 말고 앞으로 AMC 24의 편의점 정책은 이렇게 가는 게 어떤가요? 첫째는 직영점을 50호점까지 내면서 그 후 가맹점을 모집합니다. 이 때 평당 인테리어 견적을 제시할 때 우리 회사 마진이 아예 없어도 좋으니 현재 편의점 프랜차이즈 중에 가장 낮은 경쟁력 있는 가격으로 합니다. 당신들이 가맹점주라 생각해보세요. 근근이 퇴직금과 대출 모아서 생계를 위해 벌이는 사업입니다. 한 푼이라도 더 싼 곳을 찾는 것은 당연하지 않을까요?"

"……."

"두 번째는 다른 대기업 편의점이 매출에서 상품원가를 제외한 이익금의 30% 이상 떼어가는 수수료도 없애는 것으로 하죠. 그리고 세 번째! 가맹 수수료는 물론이고 24 시간 영업하지 않으면 점주에게 넘기는 페널티 위약금 규정도 없습니다. 또한 영업 시간은 최하 매일 10시간 이상만 오픈해 주면 그 외에는 점주 자율에 맡기는 게 어떤가요? 단! 중도 해지에 따른 위약금 조항은 필요하다고 봅니다."

"…회장님의 뜻은 알겠지만, 이렇게 가맹 정책을 느슨하게 하면 정작 본사에서 이익이 안 나게 됩니다."

"왜 안 됩니까?"

"그, 그게…."

"본사에서 물류 잡아서 유통시키면 거기서 10% 마진만 잡아도 기본 수익은 나오지 않나요?"

담당자는 자신만만하게 준비한 사업 보고서가 회장이 탐탐치 않게 여기는 것을 느끼자 아까와 달리 다소 움츠러든 기색이 역력했다.

"그렇기는 해도 기업의 존재 가치란 최우선이 이익인데 …."

"너무 근시안적인 생각 아닌가요? 당신이 방금 보고한 것처럼 마이너 업체가 메이저 업체와 경쟁하기 위해서는 확실한 장점이 있어야 경쟁이 가능합니다. 서로 동일 선상에서 스타트하는 게 아니란 뜻이죠."

"그건 그렇습니다."

"…이미 기존 업체들은 저 멀리서 뛰고 있는 데 우리로

서는 그 간격을 좁히려면 어떤 수라도 써야 하지 않을까요? 여러분이 소개팅을 나갔는데 그 중에 잘 웃고 이쁜 여자를 선택하지, 신경질적이고 매력 없는 여자에게 관심을 두고 싶나요?"

"……."

"똑같은 이치입니다. 신생 업체인 AMC 24는 가맹점주의 입장에서 무수히 많은 선택지 중에 하나에 불과합니다. 적어도 전국에 경쟁업체와 사이즈를 비슷하게 맞춘 후에야 C.V.S 프로세스의 가맹 정책을 손 봐도 늦지 않을 겁니다."

"알겠습니다. 그럼 회장님의 지시대로 가맹 정책을 수정하면서 브랜드 작업 및 광고 진행, 인력 충원을 진행하겠습니다."

"그러세요. 그 다음? Media Tech인가요?"

변창현 사장은 사장으로 승진 후, 공식적인 첫 자리였다. 아무리 중소기업이라 해도 사장 대우는 처음인지라 꽤 긴장한 모습이다.

"네."

"미디어 텍의 '올해 사업 보고 계획서'는 어제 잘 봤습니다."

"감사합니다."

"거기에 어린이용 만화 시리즈를 한번 만들어 출간하는 게 어떨까요?"

"어린이용 만화 시리즈라니? 그게 무슨 뜻인지?"

정현수 회장은 회귀 전 한국에서 대히트를 쳤던 'WHY' 시리즈를 돌이켜 생각했다.

2천년대 초반, 예림당에서 출간한 WHY 시리즈는 일종의 초등학생을 대상으로 한 학습 만화인데 과학, 인문사회, 한국사, 세계사 등을 주제로 아이들이 이해하기 쉽게 만화로 제작한 책이었다. 그 후 이 WHY 시리즈는 프랑스, 러시아, 일본, 중국, 태국, 인도네시아 등 수십 개 국가에 번역이 되어 수출한 한국을 알린 효자 상품이기도 했다.

나중에 들은 이야기지만, 회귀 전 한동안 채권자를 피해서 도망가던 시기에 친척 집에서 더부살이 하던 형진이와 예림이가 WHY 책이 너무 보고 싶어서 친구에게 몇 권을 빌렸다고 한다.

그런데 그 책이 얼마나 재밌는 지 꽁꽁 숨겨서 자기 전에 보고, 또 보다가 책을 망가트려서 친구와 싸웠다 하니 확실히 대히트를 친 것은 분명했다.

100조를 향해서

NEO MODERN FANTASY & ADVENTURE

Part 8-5. 상대의 카드를 읽는 눈 ; 예측

Part 8-5. 상대의 카드를 읽는 눈 ; 예측

"예를 들어 과학의 영역이 있으면 그 영역을 세분화시
켜서 '로봇'이나 '동식물', 혹은 '별과 행성' 따위로 나누
세요. 또한 초등학생이 이해 할 수 있는 지식을 바탕으로
관련 학과 대학 교수에게 검수를 최종적으로 받으면 어떨
까요? 그렇게 재미있게 만화로 진행하는 방식을 차용하라
는 뜻입니다."

"아! 그거 좋은 아이디어네요. 어려운 지식을 만화로 쉽
게 풀어내자는 뜻 아닌가요?"

"잘 아시네요. 맞습니다. 그 외에도 한국사를 연대에 따
라 세분화 시키고, 세계사도 그렇고 국영수 학년별 교과서
의 WHY 책도 가능합니다."

81

"……."

"적어도 이런 식으로 남녀 만화 캐릭터 주인공을 만들어서 알기 쉽게 제작을 하면 50-100권 분량은 충분히 나올 겁니다. 이 아이템을 바탕으로 당장 진행을 하도록 하세요."

"그러도록 하겠습니다. 자식을 가진 부모의 눈으로 봤을 때 WHY 시리즈라는 책이 '아이들에게 유익한 정보'를 제공한다는 점을 어필할 수 있도록 초점을 맞추겠습니다."

"그래요. 책을 구입하는 결정권은 전적으로 학부모에게 있습니다. 괜히 아이들 성향에 맞춘다고 거짓으로 가공된 정보는 절대 안 되는 것쯤은 아시죠?"

"그럼요. 걱정 마십쇼."

정현수는 낭랑한 어조로 말했다.

"그리고 AMC 미디어 텍 소속으로 신규 작가진을 발굴하도록 하세요."

"네?"

"쉽게 말해서 적당한 상금 걸고 재능이 뛰어난 신예 소설 작가, 시나리오 작가, 만화 작가를 발탁하라는 뜻입니다. 나중에 작품이 히트 쳤을 때, AMC 미디어 텍과 수익 배분하는 조건의 계약서도 있어야 합니다."

변사장은 약간 이해가 안 되는 듯이 고개를 갸우뚱거렸다.

"…허나 아무리 신인 작가라 해도 그렇게 계약으로 묶어 버리면 추후에 반발이 심하지 않겠습니까? 제 생각엔 그에 대한 대가로 적당한 연봉과 실적에 따른 인센티브, 저희 그룹에서 드라마나 영화 제작을 할 때, 우선적인 시나리오 채택 정도의 당근은 내밀어야 큰 무리수가 없어 보입니다."

"음, 그런가요?"

당장에 비용이 많이 들더라도 자체 작가진을 꾸려서 진행하려는 이유는 기실 다른 데 있지 않았다. 미래에 히트하는 영화, 드라마, 만화의 스토리를 대부분 알고 있었기 때문이었다.

그러니 괜히 남에게 아이디어를 주기 보다는 자체 제작할 역량을 갖추면 더 금상첨화라 여긴 것이다.

히트할 것이 눈에 뻔히 보이는 작품을 굳이 안 만들 이유는 그 어디에도 없었다.

"그것도 좋은 아이디어군요. 아무튼 괜히 돈 아낀다고 적게 뽑지 마시고 15 - 20명 정도의 작가진은 구축해 놓아야 합니다."

"명심하겠습니다."

"어쨌든 보다 자세한 Plan은 미디어 텍의 자체 회의를 통해서 다시 저에게 보고하시고. 영화 1 편, 애니메이션 1 편을 만들 예정이니 그에 따른 기획서를 제출하세요."

"네."

그는 알고 있을까? 그의 꿈은 좁은 한국 땅이 아닌, 콧대 높은 헐리웃으로 향해 있다는 사실을?

이사한 새 집은 리모델링을 통해서 호화롭고 멋지게 탄생 하였다. 또한 가족 회의를 통해서 전에 거주하던 18평 반지하 연립주택은 훗날 누나가 방문할 것을 대비하여 빈 채로 놔두기로 결정했다.

아버지는 그것으로도 모자랐는지 누가 함부로 떼어가지 못하게 문 위에 투명 아크릴판으로 고정시켜서 이사 간 집의 전화번호도 적어 놓는 섬세한 배려도 보여 주었다.

현수는 이제 막 이삿짐을 풀고 있는 집을 보면서 감탄사를 내뱉었다.

"우와! 대단하네? 확실히 돈 들인 보람이 있네."

"그럼! 니 아빠가 얼마나 이 집에 공 들인 줄 알기나 하냐?"

"역시!"

어머니는 그러면서도 이사집 센터에서 놓고 간 수 많은 짐더미를 보면서 투덜대기 시작했다.

"그보다 짐이 너무 많은 데 너희 회사 직원 좀 불러서 일 좀 시키면 안 될까?"

"엄마도 참! 말이 되는 소리를 해요. 그 사람들이 우리

집 일을 왜 해요? 아들이 악덕 경영주가 되기를 원하시나."

"그래도 네가 회사 주인인데 이렇게 힘들 때 사람 좀 부르면 어디 덧나냐? 애는 융통성이 왜 이렇게 없냐?"

"에휴. 헛소리 그만 좀 하시고…."

"헛소리는 뭔 헛소리!"

"아 참? 거기 어디죠? 이 근처 직업소개소에 앞으로 우리 집 일해 줄 전담 가정 도우미 2 명 정도 뽑아서 쓰세요. 괜히 엄마가 일한다고 하지 말고."

"그래. 돈은 아들이 낼 거지?"

"돈 걱정은 마시고. 강남역에 빌딩에서 나오는 월세만 6천만원이 나오는 데 그 돈 전부 아버지 계좌로 넣어주기로 했는데 몰라요?"

어머니는 기겁을 하면서 방방 뛰었다.

"뭐? 진짜! 이런 썩을 영감탱이! 나한테는 말하지 않고 저런 큰돈을!"

"아마 지난 달부터 들어왔을 걸? 아버지가 말하지 않았어요?"

아마 아버지는 어머니가 헛바람이 들까봐 이야기를 안 한 것으로 보였다. 그도 그럴 것이 최근 어머니는 뒤늦게 돈이 주는 호화로움에 푹 빠져서 과도하게 물질적인 쾌락을 뒤쫓고 있었기에 그로서도 약간은 걱정이 되는 형편이었다.

어머니는 이제는 아들에게 손 안 벌려도 된다고 생각해서였을까. 곧 표정이 환하게 밝아지더니 주방으로 향했다.

"에휴. 니 아버지 진짜! 아무튼 역시 우리 아들뿐이네. 그래, 조금만 기다려라. 점심 차려줄게. 알았지?"

"배고프니 빨리 줘요."

이제야 천천히 새 집을 보기 시작했다.

그의 시선이 닿은 정면은 동화 속 전경처럼 넓은 뜰이 있었고, 아담한 연못이, 깔끔한 테라스가, 그리고 우아한 수목이 있었다.

벽 곳곳에는 첫 눈에 봐도 고풍스럽게 느껴지는 목재와 유럽풍의 유리 Art-wall, 곳곳에 대리석으로 포인트를 잡은 마감은 값비싼 가구, 장식 소품과 멋들어지게 어우러져 한 폭의 그림과 닮아 있었다.

지난 번에 두어 번 슬쩍 들른 적은 있었지만 직접 와서 보니 생각보다 더 넓었다. 문득 느낀 점은 자신과 현민이 나가 있을 경우에 부모님이 외로움을 느낄지 모른다고 생각이 들었다.

"조금만 기다려! 아들! 밥 해줄게!"

"네!"

"그려! 그려!"

어머니는 혼자서 콧노래를 부르면서 아들을 위해서 햄, 계란, 오징어, 멸치, 나물 등을 맛깔나게 볶고 지지고 여념이 없었다. 집이 주는 아늑함 때문일까?

평생을 남의 집에서 더부살이만 하다가 갑자기 드라마 속에서 나오는 상류층의 안사람이 되자 여전히 구름 위를 뒹굴며 꿈에 빠져 있는 모습이 인상적이었다.

현수는 푹신한 거실의 소파에 누워서 TV를 켰다.

- 네! 확실히 천마 일화의 상승세가 장난이 아닙니다. 벌써 8경기째 무패 행진 아닙니까? 지난번에 현대와 포철을 2 대 0, 2 대 1 승을 거두고 나머지 5 게임에서도 무실점 무승부의 저력을 발휘 중이군요. 해설위원님? 이렇게 달라진 원인에 대해 어떻게 생각하십니까?

- 역시 첫 번째로는 '신의 손' 이라는 샤리 체프의 놀라운 필드 골 방어력이 크다 할 수 있습니다. 또한 두 번째는 박종환 감독의 뛰어난 용병술을 들 수 있는 데요. 이른바 '카멜레온 전법' 으로 상대팀의 성향에 맞추어서 실리적으로 대처하는 전략인데 결과론적으로 확실히 좋은 성과를 거둔 것만은 분명합니다.

TV 에서는 MBC의 Live 중계로 축구 대제전 슈퍼리그를 유공의 연고지인 서울 동대문 운동장에서 일화를 상대로 피 튀기는 시합을 하는 중이었다.

'확실히 옛날은 옛날이네.'

그는 편안한 자세로 드러누운 채 형편없는 운동장 시설을 향해서 혀를 끌끌 차야 했다.

유니폼도 촌스럽고 해설하는 방식도 진부하기 짝이 없었다. 드리블이나 패스, 슈팅하는 모습을 보면 유럽 선수들과 수준차이가 느껴지는 것은 어쩔 수 없나보다.

그럼에도 회귀 전에 축구 팬이었던 그로서는 상대 팀이 어떤 전술을 들고 나오는 지, 선수 개개인의 능력은 어떤지, FW 와 MD, DF 의 간격은 괜찮은 지 등을 유심히 살피면서 시청을 했다.

확실히 예전에 Foot Ball Manager를 하면서 눈은 예리해져 있었다. 풋볼 매니저는 회귀 전 세계적으로 히트를 친 '축구 클럽 시뮬레이션 게임'이었다.

쉽게 말해서 자신이 감독이 되어서 유능한 코치와 선수를 영입하면서 각종 전략, 전술 및 상황에 따른 대처를 통해서 축구단의 가치를 높이는 것이 궁극적인 목적이다.

Foot Ball Manager는 유럽 전체 8만 명에 해당하는 축구 선수의 기술, 정신력, 체격 등 수십 가지 능력치를 정확히 구현하는 것으로도 유명했다.

이를 바탕으로 각 유럽 명문 클럽의 감독들이 유망주 영입에 대한 자료로 활용하는 점은 이미 공공연한 비밀로 알려질 정도였다.

그리고 그것이 가능한 이유로는 제작사인 Sports Interactive 社가 보유한 전 세계 각지에 흩어진 1,300명의 해당 구단의 열혈 서포터로부터 신뢰도가 높은 정보를 얻는 데 있었다.

회귀 전 그는 첼시 팬이었다.

그 당시 불어온 프리미어리그 열풍은 가히 대단했었다.

시간이 날 때면 daum의 'I love soccer' 라는 국내 최대의 축구 카페나 혹은 soccer line에 들어가서 눈팅을 하면서 나름대로 입에 침을 튀겨가면서 분석도 하고 의견도 나누었던 시절이 기억났다.

그러다 I love soccer에서 맨유팬이나 아스날팬하고 말싸움이 붙어서 험한 소리를 싸지르다가 신고를 당해서 준회원으로 강등을 당한 적도 있었다.

soccer line에서는 스페인 프리메라리그는 레알과 바르샤 빼면 재미없다고 하다가 '비추' 폭탄 테러만 맞고 글이 삭제된 경험도 있다. 물론 모두 지난 이야기였다.

그런 상념을 깨고 어머니가 과일을 먹기 좋게 잘라서 내왔다.

"뭘 그렇게 재밌게 보니?"

"아? 복숭아네?"

"그래. 많이 먹어라. 복숭아가 제철이라 달더라. 과일이 아무래도 몸에 좋지."

어머니의 얼굴을 지긋이 응시했다. 현수는 머리칼을 넘기면서 모호한 말투로 중얼거렸다.

"엄마도 많이 늙었네. 이제부터 재밌게 편하게 사세요."

"그래. 울 아들이 이제 회장인데 암 그래야지. 요즘에 자동차는 메르세데스 벤츠가 좋다더라."

"벤츠?"

"그거 사자고 하는 데 고지식한 니 아비가 안 바꾼다고 하는 데 네가 좀 말해봐라. 응?"

"내 참. 왜? 엄마도 이제 사람들이 손가락질하는 복부인 되시게?"

"그럼! 안 될 거는 뭐냐? 그 때야 돈이 없어서 그런 거고 어차피 살날이 얼마 남았다고. 돈 있을 때 써야지 암!"

"후후."

"이 정도 집에 사는 데 쪽팔리게 콩코드가 뭐냐? 좀 있으면 현민이 학교에서 운동회 한다는 데 남들 시선이 있지."

"……"

현수는 그냥 미소만 지었다. 어머니의 저 속물스러움도 이상하게 푸근해 보일뿐이다. 손은 안으로 굽어서 그런 것일까.

그는 그 자리에서 허리를 펴서 일어서더니 지금도 뭐라고 잔소리를 하는 어머니의 품을 아무 말도 하지 않고 안았다.

"어머! 징그럽게! 뭐니?"

"괜찮아. 그냥 한번쯤은 이렇게 안아 보고 싶었어."

왜? 예전에는 이렇게 한 번도 안아 주지 못한 것일까. 인간이라는 게 참…. 무슨 핑계, 무슨 핑계만 대고. 우습다.

그 굽은 허리도 펴지 못하고 늘 일에만 치여 살면서 짜증만 내던 어머니가 이런 배부른 고민을 하는 모습은 처음 보는 것 같아 그저 신기할 따름이다.

메르세데스 벤츠라… 벤츠, 벤츠 따위.

따스했다. 부드러웠다. 그리고 약간은 코를 자극하는 안 좋은 쉰내가 났다. 그 독특한 쉰내는 주방에서 흔히 풍기는 밥풀 냄새와 비슷했다. 엄마가 난감해 하고 있었다.

"다 큰 애가 대체…."

"아! 좋다. 울 엄마 품…."

그는 아이처럼 어리광을 한껏 부렸다.

(주)AMC의 최 사장은 따스한 원두 커피에 입을 가져다 댄 채 조용히 회장의 의견을 청취하고 있었다.

"혹시 영국 런던에 갔다 올 생각 없습니까?"

"런던이요? 뭐 시키실 일이라도?"

"출장 좀 다녀올 일이 생겼습니다. 그 동안 고생도 많이 하셨는데 대영 박물관, 버킹검 궁전, 타워브릿지… 이번 기회에 구경 좀 하는 게 어때요? 세계에서 가장 아름다운 도시 중 4위로 런던이 뽑혔다는 것은 아세요?"

"정말입니까?"

"네. 모 잡지에서 인간으로 태어났으면 런던은 한 번쯤은 가봐야 하는 필수 코스라고 하더군요."

"멋진 나라죠. 미국이 부흥하기 전에 그 전까지 영국이 전 세계를 지배했으니 오죽 하겠습니까. 그런데 피시 앤 칩스가 정말로 그렇게 맛이 없나요?"

"후후, 그걸 누가 알겠습니까? 당신이나 나나 가본 적이 없는데… ."

최상철 사장은 자못 흥미롭다는 표정으로 질문하지만, 정 회장은 능구렁이가 다 되었는지 하얀 이를 드러내며 미소만 보일 따름이다. 그러다 본격적으로 속내를 드러내기 시작했다.

"아마 지금쯤 영국에서 프리미어리그가 한창 시작했을 겁니다. 혹시 국내에 축구 쪽으로 활성화 된 스포츠 에이전시나 비슷한 회사가 있으면 찾아 봐 주세요."

"찾는 건 어렵지 않지만…"

"필요하다면 AMC 직원 중에 영어에 능통한 사람을 뽑아서 데려가도 좋습니다. 최 사장님이 할 일은 런던에 도착해서 프리미어리그의 맨체스터 유나이티드, 그리고 첼시 FC, 아스날이라는 팀이 성적이 어떤 지, 재정은 괜찮은

지, 어떤 상황에 처해 있는 지와 같은 해당 팀의 정보를 자세하게 알아내는 일입니다."

최 사장은 잠시 뜸을 들이다가 눈을 깜박였다.

"그거야 시간만 들이면 가능하지만, 혹시 무엇 때문에 그러시는 지 물어봐도 되겠습니까?"

"맨유나 첼시, 아스날 중에 조건이 괜찮고 매물이 있으면 인수를 하고 싶어서요."

"네엣?"

최상철 사장은 뜬금없이 유럽 축구 클럽을 인수하고 싶다는 정현수 회장의 구상에 기가 막혀 할 수밖에 없었다.

워낙에 상상을 초월하는 아이디어를 잘 내는 사람이라 이제는 놀랄 일도 없지만 갑자기 유럽 프로 축구단 인수라니? 내심 헛웃음만 나온다.

아직 이 시대에 EPL은 저 먼 나라 이야기에 불과했던 탓이다.

100조를 향해서

NEO MODERN FANTASY & ADVENTURE

Part 9-1. 1993. London 첼시 F.C

Part 9-1. 1993. London 첼시 F.C

현수는 까칠한 반응을 예상했다는 듯이 담배를 한 대 물더니 투덜거렸다.

"아니! 한국 사람은 유럽 축구단 인수하지 말라는 법이라도 있습니까?"

"아, 그럼요."

"내 말이!"

"양키 놈들이 잘나면 얼마나 잘났다고!"

최 사장은 회장의 퉁명스런 모습에 강하게 맞장구를 치면서 힘을 실었다. 뭐 세련된 처세술의 일종이지만 정현수 회장은 이런 최 사장의 반응이 마냥 싫지만은 않은 모양이다.

문득 엊그제 한국 프로 축구 리그의 한심한 모습이 생각났다. 더불어 그와 연상된 기억이 떠올랐다.

박지성이 맨체스터 유나이티드로 입단 후, 한국에 불어닥친 유럽 축구 열기는 그야말로 대단했었다.

지겨운 정치 이야기에 지친 20-40대 직장인들은 어느덧 타겟을 맨유로 돌리며 농담 따먹기가 일상이 되어 버렸다.

C. 호날두가 탐욕에 빠져서 패스를 안 한다고 비난하기도 하고, 박지성이 혹시 동양인이라 차별 당하는 것이 아니냐면서 예리한 눈초리로 관찰하기도 한다.

그러면서도 누구나 할 것 없이 박지성의 뛰어난 성품에 매료되어 댓글은 칭찬과 존경 일색이었다.

시간이 좀 더 흐른다.

개미가 먹을 것을 찾아 이곳저곳 돌아다니는 것처럼 자연스럽게 관심은 주위로 옮겨졌다.

메시는 어째서 공을 그렇게 잘 다루는 지, 무리뉴는 왜 우승 청부사인지 따위에 매료된 축구 팬들이 늘어난다.

2003년에 러시아의 부호 아브라모비치가 1천억 정도의 비용으로 인수한 첼시는 막대한 자금의 지원 속에 명문 클럽의 반열에 오른다. 또한 맨체스터 유나이티드는 2005년에 미국의 글레이저 가문에 1조 4천억이라는 천문학적인 금액에 매각이 된다.

냉정하게 보면 아직 그의 능력으로 EPL의 축구 클럽을 인수하기에는 다소 무리가 따랐다.

허나 현재는 1993년이다.

헤이젤 참사로 영국 프로 축구의 경쟁력이 유럽 국제 무대에서 한껏 떨어진 그 시점이었다. 아마 적은 금액으로도 인수가 가능한 매물이 있을 지도 몰랐다.

허나 그보다는 향후 어떤 축구 선수가 월드 클래스로 떠오를지 대충은 알고 있다는 점이 더 중요했다.

거기다 끊임없이 발전한 미래의 첨단 축구 전술과 전략이 있었다. 이로 미루어 도전해 볼 가치는 충분했다.

시간은 그의 친구이자, 든든한 우군이었다. 비록 초창기에는 많은 자금을 투입하지 못할지라도 중국에서 끊임없이 자금이 들어오고 미래에 히트 쳤던 제품들이 이제 곧 시장에 쏟아져 나올 것이다.

맨유, 첼시, 아스날, 리버풀.

늘 TV로, 인터넷으로 즐기던 그 뜨거운 열정이 현실로 옮겨지자 저절로 심장이 뜨거워지는 것을 느껴야 했다.

다음 날, 현수는 신사동 가로수 길의 AMC 엔터테인먼트를 모처럼만에 방문했다. 그는 자리에 앉자마자 강 사장을 불러들였다.

"그동안 고생이 많군요."

"별 말씀을. 아닙니다."

강 사장은 지난번과는 확연히 다르게 행동거지가 조심스럽게 변화된 상태였다.

그도 그럴 것이 예전 사건으로 회장에게 다소 찍힌 상태인데다 그룹으로 분사되면서 엉겁결에 사장의 직책에 올랐던 탓이다. 거기다 나라 기획을 흡수 합병하면서 그의 지위는 방송 관계자 대부분이 주목하는 초거물의 위치에 올랐다.

손에 쥔 하찮은 송편 하나가 달콤한 초코 케이크로 변한 탓일까? 그의 말투나 자세, 표정에는 극도로 정중한 태도가 묻어나 있었다.

예전에는 신생 기획사였기에 여차하면 사표를 써도 미련없다는 생각이었지만 이제는 AMC 엔터테인먼트의 수장이라는 직책을 결코 놓을 생각이 없어진 것이다.

그만큼 인간이란 존재는 이해타산에 따라 움직인다. 불과 2년이 되지 않았지만 현재 AMC 엔터테인먼트의 정문 앞에는 연습생 오디션을 보기 위해 오는 10대 아이들이 기본이 수 백 명이었다.

그와 작은 연줄이라도 만들기 위해 찾아오는 연예계 관계자의 발걸음도 한 둘이 아니었다. 연예계에서 이토록 빠르게 성장한 프로덕션은 전례가 없었다.

그야 말로 그의 현재 직책은 달콤한 꿀이 철철 흘러 넘쳤다.

허나 그런 자리라도 정현수 회장의 눈 밖에 나면 그 날로 끝이었다. 권력은 그렇게 인간을 비굴하고 추하게 만든다. 그러나 굳이 누구의 탓으로 돌릴 필요는 없었다. 그것이 직장인의 비애이자, 직장인의 꿈이었으니까.

정현수 회장은 서류 가방에서 악보 코드가 적힌 두툼한 종이를 꺼내더니 강 사장에게 건네면서 말했다.

"Inner Circle 2집의 타이틀 곡은 강렬한 갱스터 랩의 'Come Back Home' 이고, Twinkle 2집은 세련된 복고풍의 'Roly Poly' 입니다. 2인조 Double Beat의 3집은 경쾌한 비트의 '파도', Big Boys 의 3집은 신나는 리듬의 'Champion' 입니다."

"지난 번에 더블 타이틀로 MV 공개의 간격을 2주를 텀으로 두고 홍보 효과를 극대화시켰는데 더블 타이틀로 계속 가는 게 좋지 않을까요?"

"투자 비용 대비 효과는 어떻습니까?"

"괜찮은 편입니다. 차라리 다른 타이틀 곡은 저번에 채용한 AMC 엔터 소속 작곡진끼리 경쟁을 시켜서 좋은 곡으로 뽑는 게 어떨지요?"

"그렇게 하세요. 그 대신 좀 더 객관성을 높이기 위해서 알바 형식으로 모니터링 요원을 임시로 뽑아 곡을 선별하는 방식으로 추진해 보세요."

"알겠습니다."

Come Back Home은 알다시피 서태지의 노래였고, Roly Poly는 티아라, 파도는 UN, Champion은 PSY의 히트곡이다.

최근 하는 일이 너무 많아서 이번 곡들도 겨우 작업한 터라 과연 언제까지 곡을 줄 수 있을지는 미지수였다. 또한 슬슬 회귀 전에 기억나는 히트곡의 멜로디도 소재가 떨어지는 느낌이었다. 아마 나머지는 AMC 엔터에서 뽑은 유능한 작곡가들의 몫이 될 것이다.

현수는 다른 직원들의 눈이 있는 관계로 강 사장에게 어제 기억났던 이름이 적힌 쪽지도 주었다.

"나중에 읽어 보세요. 거기에 적혀진 인물 중 연예계에 이미 데뷔를 한 이도 있을 테고, 아직 무명인 분도 있을 겁니다. 이름 옆에 대충 외모나 특징을 적었으니 수배가 어려우면 탐정을 고용해서라도 찾아서 우리 기획사로 스카웃하세요."

"……."

"그에 필요한 자금은 얼마든지 내줄테니 최대한 빨리 처리하세요."

강 사장은 약간 이해를 못하겠다는 듯이 눈을 깜박거렸지만 즉시 공손하게 대답했다.

소름 3

"이 쪽지대로 가장 우선적으로 알아보고 추후에 다시 보고 올리겠습니다."

"그러세요. 그 사람들이 현재 다른 프로덕션 소속이면 몇 배의 위약금을 물더라도 괜찮으니 반드시 데려 오세요."

아마 강 사장은 속으로 뭐 이런 뜬금없는 경우가 있나 생각하면서 불만을 터트릴지 모른다.

허나 쪽지에 적혀진 이병헌, 정우성, 이정재, 김희선, 이영애가 나중에 어떻게 스타가 되는지 안다면 감히 그러지 못할 것이다.

그의 기억으로 93년부터 97년 사이에 이 다섯 명은 배우로서 명실공히 대한민국의 Top에 오르게 된다. 정우성의 비트, 이정재의 모래시계, 김희선의 목욕탕집 남자들, 이영애의 의가형제가 대표적인 첫 히트작이라 할 수 있다.

그 외에도 (주)AMC 자체에서도 회귀 전 한국에서 히트를 쳤던 중소 기업 아이디어 상품 중 1993년인 현재 한국에서 제작이 수월하면서 시장에서 반응이 호의적이라 판단되는 제품을 자체 개발하기로 결정했다.

당분간 (주)AMC의 포지셔닝은 아이디어 제품 쪽으로 승부를 보기로 했는 데 그 첫 번째 상품이 바로 '한경희의 스팀 청소기' 였다.

원래 공무원이던 한경희씨는 집안 청소 중 걸레질이 너무 힘들어서 푸념을 늘어놓다가 만든 아이디어 상품이다. 초창기에는 그야말로 공급이 수요를 따라가지 못하고, 해외 각국으로 수출을 하다가 시간이 지나면서 대기업이 복제품을 내놓는 바람에 주춤하게 된다.

아무튼 이 스팀 청소기는 획기적인 아이템이었다.

스팀 청소기는 진공 청소 기능과 스팀 기능이 겸용으로 있어서 먼지를 빨아들이고, 살균 걸레질을 하는 One Stop 시스템을 지향한다.

또한 고온 살균 기능과 극세사 기능도 있어서 청소도 빠르고 무엇보다 매우 깔끔하다.

두 번째 제품은 2011년에 Philips 가 개발한 'Air Flyer' 로서 직역하면 '튀김용 팬' 이 된다.

이 제품은 가히 전 세계적으로 대히트를 치는 데 기름 없이 공기만으로 튀김 요리를 만들어 낸다는 점이 주부의 마음을 단번에 사로잡았다.

회귀 전만 해도 주부들 사이에서 갖고 싶은 제품 1위로 손꼽힐 정도였으니 이 작은 발명품의 위용이 얼마나 대단했는지 알 것이다.

에어 프라이어의 원리는 헤어드라이기의 원리와 같다. 헤어 드라이기를 보면 선풍기와 같은 FAN이 있고 그 앞쪽으로 열선이 칭칭 휘감겨 있는 데 그 사이로 공기가 지나가면서 뜨거운 열을 이용해서 음식을 튀기는 것이다.

전기 모터가 공기를 뜨겁게 하고, 뜨거워진 공기는 다시 배출구로 나간다. 이 때 온도가 무려 200도에 달하는 데 밀폐된 공간에서 고온의 열풍을 돌려 튀김의 바삭함을 결정하는 게 기술의 핵심이다.

그 때문에 과거 삼성 및 LG의 기술 파트 사업팀에 있던 관련 핵심 기술자 몇 명을 (주)AMC로 스카웃 했고 위의 두 제품을 연구하라고 지시를 내렸다.

아마 연구의 추이로 봐서는 올해 안으로 가시적인 성과가 나올 것으로 기대가 된다.

없는 기술도 아니고 이미 현수가 기술의 구동 원리를 설명한 관계로 프로젝트의 진행은 더 신속하게 진행되는 중이다.

또한 정현수 회장은 기술이 완성되면 미국, 유럽, 일본 등에 특허 등록을 하는 것도 잊지 않게 지시를 내렸다.

위의 두 품목은 이미 시장에서 완벽하게 검증이 끝난 제품이었다. 이 제품이 시장에서 히트를 치게 되면 AMC Eletronics의 설립도 추후에 고려해 볼 예정이었다.

런던의 히드로 공항은 약간 쌀쌀한 날씨였다.

한국에서 꽤 긴 여정이었는지 최상철 사장과 (주)AMC의 기획실의 실장 소혜련은 피곤한 기색이 가시지 않아 보였다.

작은 핸드 캐리를 끌면서 최 사장이 입국장을 두리번거리고 있었다. 그러다 짧은 스포츠형에 말끔하게 생긴 동양인 남자가 팻말을 흔드는 모습에 급히 손짓을 하면서 반갑게 악수를 나누었다.

"반갑습니다. 마이클 강?"

"네. 최 사장님?"

"그렇소. 이쪽은 우리 회사 소혜련 실장이오."

"Glad to meet you!"

"You too!"

30대 초반의 소혜련 실장은 정통 MBA 미국 유학파 출신이었고, 마이클 강은 현재 B.D.A 스포츠 매니지먼트 회사의 아시아 담당 Senior Manager였다. 미국식 악센트와 영국식 악센트가 만나자 대화는 모 시트콤을 보는 그런 느낌이었다.

"어때요? 영국은? 처음인가요?"

"네. 처음입니다."

"잘 오셨습니다. 먼저 호텔로 가시죠. 차는 저희가 대절해왔습니다. 이쪽으로 오시죠…."

"그럼, 실례하겠습니다."

그는 동작 하나, 미소 하나에도 세련된 분위기가 있었다. 기실 한국에서 스포츠 매니지먼트 관련 회사를 찾기 어려웠던 탓에 영국 현지의 에이전시와 접촉하는 것으로 급하게 결론을 도출한 게 불과 엊그제였다.

그러다 온갖 연줄을 다 동원해서 런던 인근에 스포츠 매니지먼트부터 컨설팅 및 구단 M&A까지 자격을 갖춘 B.D.A라는 회사를 소개 받게 된다. B.D.A 는 British .Development Asistance Sports management Corp의 약자였다.

마이클 강은 직접 9세대 닛산 블루버드를 운전을 하면서 친절하게 응대했다.

"보통 영국인 하면 고지식하다는 이미지가 강하지만 실제는 정열적인 민족입니다. 유럽 내에서도 프라이드가 높고 체면을 많이 중시하죠."

"건물이 참 이쁜 것들이 많네요."

"세계에서 가장 먼저 산업 혁명이 발생한 국가라서 인프라가 잘 되어 있는 편이죠. 그보다 영국 출장 기간은 어느 정도로 예상하고 오셨죠?"

최 사장은 모호한 태도로 말끝을 살짝 흐렸다.

"2 주 정도로 보는 데 아직은 잘 모르겠소."

"하하. 그 정도면 충분합니다. 어차피 프리미어리그와 각 구단에 대한 데이터는 저희 회사에 다 있으니 비즈니스 먼저 끝내시고, …시간이 남으면 런던 시내와 관광지를 직접 구경시켜 드리는 걸로 하죠."

소혜련 실장은 공항에서 시킨 뜨거운 모카 라떼를 한 손으로 홀짝 들이키면서 마이클 강에게 질문했다.

"이 나라? 인종 차별은 없나요?"

"왜 없겠습니까? 인종 차별이라는 단어 자체가 차별이 있기 때문에 나온 단어 아닙니까. 그래도 여기는 이태리나 스페인처럼 대놓고 동양인을 비하하지는 않아요. 물론 시골 같은 데 가시면 영어로 물어도 일부러 못 들은 척하는 못 된 양키들도 있긴 하죠. 하하."

"축구는 잘 아시나 봐요? 이번 일은 맡으신 걸 보니?"

마이클 강은 창문을 살짝 내리면서 낭랑한 어조로 말했다.

"대학원에서 전공으로 스포츠 마케팅을 했습니다. 특히나 영국은 축구 열기가 워낙 대단해서 관심 없어도 자연스레 알게 되죠. 그런데 AMC 그룹의 회장님이 축구를 많이 좋아하시나 보네요."

"왜요?"

"생각 해 보세요. 지구 저 반대편의 사업가가 영국 프리미어리그에 관심이 있다고 하니 궁금하지 않는 게 더 이상하지 않을까요?"

"하긴, 그렇긴 하네요. 저희 회장님이 좀 엉뚱하긴 하죠."

마이클 강은 동양인이었지만 뛰어난 화술과 빈틈없는 업무 능력으로 미래가 밝은 인물이었다. 사실 이번 건의 경우엔 좀 애매한 케이스라 할 수 있었다.

한국이라는 먼 나라의 이름조차 모르는 기업에서 프리미어리그 구단 인수에 관심이 있다면서 전화로 의뢰가 왔기 때문이었다.

일반적인 경우라면 당연히 쌍수를 들고 환영하는 게 맞을 것이다. 실제 구단 M&A가 이루어지면 그에 따른 법적인 절차, 세금, 에이전시 업무 등으로 적지 않은 커미션을 챙길 수 있는 절호의 기회였다.

그러나 그 의뢰를 해 온 고객의 국적이 변방의 보잘 것 없는 한국이라는 나라면 의미가 다소 달라진다.

물은 항상 높은 곳에서 아래로 흐른다는 말이 있다.

이 당시의 영국인 눈에 한국이라는 나라는 미안한 이야기지만 전쟁에서 이제 갓 벗어난 후진국이라는 이미지가 굉장히 강했던 시기였다.

거기다 한국에서 100대 기업에도 끼지 못하는 듣도 보도 못한 중소기업이 맨유나 아스날, 첼시를 관심에 두고 인수하고 싶다니! 어찌 의혹의 시선으로 보지 않을까?

그래서 원래는 공항 픽업이나 접대도 Senior Manager급인 마이클 강이 나올 필요 없이 그보다 수준이 낮은 적당한 선에서 맞추기로 했었다. 하지만 마이클 강은 모처럼만에 방문한 한국인이라는 소식에 직접 움직였다.

그 안에는 같은 한국인이라는 순수한 동포애가 꽤 많이

작용을 했다.

그렇게 그는 런던의 중심가인 Covent Garden 초입에 위치한 'One Aldwych' 라는 1907년에 지어진 클래식하면서도 고즈넉한 분위기가 일품인 호텔을 소개시켜주었다.

✳

다음 날, 그들은 B.D.A 본사에서 다과를 즐기면서 간략하게 회의를 하고 있었다. B.D.A 본사는 생각했던 것보다 크고 넓었다.

최 사장은 단순히 스포츠 매니지먼트 社가 커봤자 얼마나 클까 내심 얕잡아 보는 마음이 있었으나 거대한 회의실에 이내 그런 생각이 사라지고야 만다.

마이클 강은 Senior Director 중 M&A Part의 부서장인 제런 웹 jerren web을 모셔왔다. 그는 유창한 축구 지식을 늘어놓으면서 침을 튀기는 중이다.

"아실지 모르지만 헤이젤 참사로 인해서 영국 프로 축구의 경쟁력은 이태리, 독일 등에 많이 뒤쳐지게 됩니다. 그 때문에 1992년에 영국 축구 협회는 경쟁력 재고를 위해서 프리미어리그로 출범하게 된 것이죠."

소혜련 실장은 유창한 영어로 궁금한 듯 되물었다.

"헤이젤 참사가 뭐죠?"

"헤이젤 참사는 1985년 5월 29일 유러피언컵 결승전에서 이탈리아의 유벤투스 FC와 잉글랜드 리버풀 FC 서포터 사이에 벌어진 싸움입니다. 그로 인해 39명이 사망하고 454명이 부상당한 사건으로 이로 인해 잉글랜드의 클럽 팀 전체는 5년간 국제 대회 출전을 금지당하는 중징계를 받게 되죠."

"그래서 뛰어난 외국 선수 영입도 못하고 전체적으로 힘들어진 것이군요."

"똑똑한 아가씨네요. 맞습니다. 그 때문에 지금 이 시기가 어쩌면 가장 적기일 수 있습니다. 구단의 가치가 저평가 될 가능성이 높으니까요."

"듣고 보니 그렇군요."

최 사장은 유심히 듣다가 고개를 끄덕였다.

비즈니스의 원칙으로 보면 틀린 말이 아니었던 탓이다.

"아무튼 귀사에서 의뢰한 관심 매물 중 맨유, 아스날, 첼시를 보면서 다소 의아한 점을 느꼈습니다."

"뭐죠?"

"맨체스터 유나이티드는 현재 1위 팀입니다. 작년 프리미어리그 왕관도 맨체스터 유나이티드가 가져갔죠. 아스날도 작년엔 비록 10위를 찍었지만 그 전에 풋볼 리그에서 항상 상위권을 랭크 하던 명문이었죠. 허나 첼시는 그들과 다른 중하위권팀입니다."

"서로 수준이 같지 않다는 뜻인가요?"

"그렇죠. 그보다 에버튼은 어떻습니까? 에버튼 구단주가 최근 버밍햄에 아파트 시공을 한 게 분양이 잘 안 돼서 자금난이 꽤 심각한 편이라 에버튼을 매각하기 위해 노력 중입니다. 그 때문에 가격도 괜찮은 편이구요."

"글쎄요. 저희는 그 정도 권한까지는 없습니다."

소실장은 궁금하다는 듯이 말했다.

"맨유는 시장 가치가 어느 정도죠?"

"맨유는 잉글랜드 최고의 명문 구단입니다. 잠시만요. 자료 좀 보죠. 아! …여기 있네요. 1991년에 런던 증권 거래소에 4,700만 파운드로 평가 받아 상장했고, 작년 우승 때문인지 어제 날짜로 대략 6천 2백만 파운드의 가치까지 올랐네요."

그녀는 생각 외의 천문학적인 금액에 약간 기가 죽었다. 물론 맨체스터 유나이티드를 인수할 때 6,200만 파운드 전부가 필요한 것은 아니다.

원론적인 M&A의 관점에서 볼 때 – 상대방이 매각의사가 있다는 전제하에 – 대주주의 지분 25-30%를 인수하고, 거기에 적절한 경영권 프리미엄을 더하면 대략 시총의 절반 정도가 나온다. 이 정도가 M&A 할 때 요구되는 평균적인 금액이라 할 수 있다.

그 금액도 일정 비율 이상 은행권에서 인수할 주식을 담보로 대출을 얻어낼 수 있었다.

100조를 향해서

NEO MODERN FANTASY & ADVENTURE

Part 9-2. 1993. London 첼시 F.C

그녀는 컬럼비아 대학에서 국제 경영학을 전공한 뛰어난 인재였다. 속으로 빠르게 암산을 해보았다.

현재 원화로 계산하면 1 파운드는 1,270원 내외였으니 이 경우 대략 6,200만 파운드의 절반으로 하면 393억이 나온다.

맨유 인수에 400억이라. 예상 외로 덩치가 컸다. 이런 그녀의 생각을 아는지 모르는 지 제런 웹은 뜬금없이 축구장 투어를 제안했다.

"그런가요? 아무튼 마침 오늘 칼링컵 준결승이 화이트 하트레인 경기장에서 열립니다. 맨유와 토트넘 핫스퍼 FC가 맞붙는 데 함께 가시겠습니까?"

"티켓이 있을까요?"

"그럼요. 저희 소속 선수 중에는 맨유의 에릭 칸토나, 라이언 긱스, 그리고 그 유명한 알렉스 퍼거슨경이 있죠. 토트넘 쪽에도 테디 셰링엄도 있고… 유명한 선수 상당수가 저희 에이전시 소속입니다."

"알렉스 퍼거슨이라. 유명한 분인가 보죠?"

"하하. 그럼요. 아직 시간은 넉넉하니 오늘 경기 보시고 퍼거슨경과 인사도 하시죠? 그 후 런던 브릿지에서 야경을 즐기면서 근사하게 식사를 하는 게 어떻습니까?"

만약 현수가 이 소식을 들었다면 감격을 하면서 일생의 영광으로 생각했을지 모른다. 허나 보석은 그 가치를 알아주는 사람만 아는 법이다.

그들은 그저 알렉스 퍼거슨과의 인사보다는 한국에 귀국했을 때 빈틈없는 회장이 던질 가상 질문에 대비해서 데이터를 축적하기에 여념이 없었다. 이른바 월급쟁이의 숙명이다.

상사에게 안 깨지기.

그럴 때 보면 윗사람이라는 존재가 치사할 때도 많다. 그들은 공격만 하고 아랫사람은 무조건 방어만 해야 하니까.

최상철 사장은 쓴웃음을 지었다.

정말로 AMC 그룹에서 프리미어리그의 유명 축구 클럽을 인수한다면 어쩌면 한국 축구의 꿈나무들이 유럽으로

진출하는 게 더 이상 꿈은 아니게 될지 모른다는 부푼 상
상이다.

포크와 나이프가 까닥 고개 짓을 하며 툴툴 대고 있었
고, 벌거벗은 냅킨은 한껏 멋낸 자세로 테이블 위에 세워
져 있다.

그 사이로 맛깔스런 스테이크를 써는 동작에는 영국인
특유의 절제미가 있어 보였다. 이름이 알렉스 퍼거슨이라
는 양반은 연신 입을 놀리면서 제런 웹과 사소한 이야기에
여념이 없었다.

우중충한 날씨, 자식 교육, 여행지 따위의 흔한 레파토
리다.

그러다 가끔씩 퍼거슨이 질문을 던지면 최상철은 짧은
영어 실력 탓인지 창백해진 얼굴로 연신 'Yes'만 부르짖
었다.

유학파인 소혜련 실장 또한 귀를 쫑긋 기울여야 겨우 이
해가 가는 강한 스코틀랜드 억양이니 오죽하겠는가!

"휴우, 이런 자리는 암만 생각해도 어울리지 않아. 양식
도 양식이지만 뭔 포크와 나이프가 이리 많은 지."

"이게 영국 귀족식 만찬이래요."

"전부 기름에 튀기고 볶은 거잖아. 콜레스테롤 엄청 많
겠어."

"사장님? 지금 맞은 편에 계신 분은 영국에서 굉장히 유명한 분이에요. 매너 좀… 제발 사장님!"

"아니? 영국에서 유명인이면 한국인도 알아야 하는 법은 없잖아? 안 그래?"

"그게 아니죠. 우리는 지금 한국을 대표해서 온 거라구요."

그 동안 꽤 친해진 탓일까. 소혜련 실장은 사람 좋은 최 사장에게 가끔씩 투덜대기도 했지만 이런 관계도 그다지 나쁘지 않다고 생각했다.

한국인 둘이서 한국어로 조용히 티격태격 하는 사이에 퍼거슨은 영국 백인 꼬마 아이들의 싸인 요청에 못 이기는 척 펜으로 휘적휘적 멋들어지게 쓰는 중이다.

전형적인 영국 노신사의 풍모였다.

늙어도 늙지 않는다 는 것이 저런 것일까? 참 멋지게 늙었구나.

혜련은 이 노신사의 품격 있는 태도에 알 수 없는 매력을 느꼈다.

제런 웹과 떠들던 퍼거슨은 화제를 돌려서 소혜련을 향해 말을 건넸다.

"어때요? 한국에서 축구는 인기가 있습니까?"

"글쎄요. 사실 영국처럼 인기는 많지 않습니다."

"그런가요? 예전에 90년도 이탈리아 월드컵인가? 그 때 한국 축구 대표팀이 하는 플레이를 우연히 본 적이 있었습니다. 그런데 너무 소극적으로 플레이를 하더군요. 분명히 체력은 좋고 투지는 넘쳤지만 슛을 때려야 하는 찬스에서 슛을 쏘지 못하는 모습이 기억나네요."

"아마 한국 유소년 축구 시스템 때문일 겁니다. 아직 한국 감독들은 선수를 육성 시킬 때 엄한 체벌이 필요하다는 관념이 있어요. 그런 탓에 열정이 과한 지도자들 중 일부가 과하게 폭력을 쓰는 경우도 있죠. 그 때문에 애들은 주눅이 드는 거고."

"정말입니까? 흠, 유럽에서 폭력을 쓰면 그 감독은 그날로 매장되는 데… 한국은 좀 특이하군요."

소혜련은 퍼거슨 감독의 작은 지적에 기분이 살짝 상했지만, 웃는 낯으로 대답했다.

"하지만 한국 선수들은 남미나 아프리카 선수처럼 제멋대로 슛을 난사하고, 드리블만 하는 탐욕은 안 부리죠."

"우리도 그런 선수는 딱 질색입니다. 어린 시절 저는 글래스고의 부두 노동자 집안 출신에서 자랐습니다. 예전에는 이런 부모님의 노동자라는 직업이 혐오스러웠지만 나이가 먹으니 노동의 땀만큼 정직하게 대가로 돌아오는 것은 없다는 것을 깨닫게 되죠."

퍼거슨은 젊은 시절 힘들었던 기억을 떠올리면서 씁쓸한 미소를 드러냈다.

"당신들은 바깥에서 육체적인 노동을 해 본 적 있습니까? 소변까지 얼어붙는다는 글래스고의 겨울이 오면 옷을 네겹, 다섯 겹으로 끼어 입어도 견디기 어렵죠. 거기다 장대만한 철근을 들거나, 거대한 짐을 나르면 손의 살 껍질은 하얗게 벗겨집니다."

"저런!"

"이런 글래스고에서 살아남는 길은 단합과 규율이 무엇보다 중요하게 되죠. 그런 힘든 경험들이 현재 맨체스터 유나이티드를 이끄는 데 많은 도움이 된 것 같군요. 어찌 보면 성실성과 근면함에서 우리 스코틀랜드인이 동북 아시안과 유사한 점이 많다고 느낍니다."

대화를 계속 경청하던 제런 웹이 혀를 끌끌 차면서 참견했다.

"그 놈의 스코틀랜드 자랑은!"

"왜? 부럽나? 제런?"

"그보다 1989년, 90년이었나? 그 때 성적이 안 좋으니 주위의 반응이 장난이 아니었지. 안 그랬나? 퍼기?"

"기억하네. 1989년에 11위, 1990년에 13위를 했었지."

"시간이 정말 빠르군. 벌써 그렇게 지난 건가?"

"그 때 만약 FA 우승컵을 맨유가 들어 올리지 않았다면 난 아마 지금쯤 뒷방 늙은이처럼 거실에서 TV 시청이나 하면서… 말라 비틀어진 매시 그레이비 Mash&Gravy핫

도그나 먹고 있었겠지."

"하하, 농담도 참!"

그렇게 향후 20년간 Manchester UTD의 신화를 쓸 Alex Ferguson과의 만찬은 싱겁게 끝이 났다.

소혜련은 퍼거슨, 제런 웹과 가볍게 작별 키스를 한 후, 서서히 어두워지는 일몰을 보면서 들뜬 기분으로 중얼거렸다.

"여기 정말 좋은데요?"

"확실히 한국에만 있으니 우물 안의 개구리였어. 이런 천국이 있다니! 아들을 데려왔어야 하는 건데 말이지."

"후후, 그보다 이 나라 사람들이 이상한 건가요?"

"왜?"

"아까 못 봤어요?"

"뭘?"

"고작 프로 축구단 감독에 불과한 퍼거슨을 바라보는 그 시선들? 흠모하는 것 같더군요. 우리나라였다면 아마 깔고 봤을 텐데."

"문화의 차이겠지. 그래도 고작 그것만으로 한 나라를 평가하는 건 아니라 생각해. 한국도 장점이 많은 나라거든."

"그런가요? 아무튼 축구의 나라라서 그런가요?"

"그럴지도 모르지. …좀 걸을까?"

"후후, 지금 데이트 신청하는 건가요?"

최 사장은 난감한 듯 제스처를 취하면서 껄껄댔다.

"아, 아. 난 불륜은 질색이라고."

"쳇! 농담도 못하나?"

그 둘은 그렇게 시큼한 영국 맥주에 잔뜩 취한 채 모처럼만에 자유를 만끽하고 있었다. 세인트 폴 대성당의 웅장함에 감탄하고, 템즈강변의 고즈넉함에 매혹되다 타워 브릿지에 도착하자 그 예술적인 아름다움에 한동안 넋을 잃어 버렸다.

5일이 더 지난 후, 마이클 강은 꽤 상기된 모습으로 둘을 찾아와 반갑게 대화를 시작했다.

"좋은 소식입니다. 어제 첼시 쪽에서 조건이 괜찮다면 일단 우리 측의 이야기를 듣고 싶다 합니다."

"첼시라면 연고지가 어디죠?"

"구장은 풀럼 지역의 스탠포드 브릿지나, 연고지는 첼시 지역입니다. …첼시는 정확히는 Slone square역에서 South Kensington역 사이의 거리를 일컫는 데 영국에서도 상류층이 가장 많이 거주하는 곳입니다. 1905년에 창단한 첼시 F.C는 작년에 프리미어리그가 출범한 첫 해 11위라는 초라한 성적을 거두었습니다."

소혜련은 팔짱을 낀 채 혀를 끌끌 찼다.

"11위라? 생각보다 성적이 안 좋네요. 올해 성적은 어떤 가요? 전문가의 평은?"

"작년의 주축 선수들 중 몇 명이 블랙번과 리버풀로 이 적을 한 탓에 오히려 더 비관적입니다. 성적에 대한 책임을 물어 이안 포터필드 감독을 해임하고, 임시로 데이비드 웹 수석코치를 감독으로 올렸지만 구단 쪽에서는 신임을 못하는 모양이더군요."

"더 유명한 감독을 찾는 중인가 보네요."

"원래 이 바닥이 성적 지상주의라서…."

최상철은 투박한 영어로 대뜸 반문했다.

"구단주가 오케이를 한 겁니까?"

"첼시 구단주가 무슨 힘이 있겠습니까? 월급쟁이에 불과한데… 이 모든 판단은 첼시의 오너인 켄 베이츠 회장의 생각입니다."

"혹시 우리가 모르는 이야기라도 있는 건가요?"

"켄 베이츠 회장이 첼시를 매각하려고 생각하는 이유는 과거 첼시의 이사들이 무단으로 스탠포드 브릿지의 소유권을 모 부동산 개발업체에게 넘긴 문제에서 비롯되었다 할 수 있습니다."

"…그래요?"

마이클 강은 또렷한 음성으로 브리핑을 하면서 말을 이었다.

"하지만 부동산 개발업체의 소유권 주장에 켄 베이츠 회장은 그들의 소유권을 인정하지 않는 맞불로 대응하게 되죠. 이는 결국 기나긴 법정 소송으로 이어지는 결과를 낳습니다. 최근엔 와이프까지 별세하자 그렇잖아도 힘든데 정신적으로 상당한 데미지를 입은 모양입니다."

"지쳤다는 뜻이군요."

"아마도…."

소혜련은 상황을 면밀하게 검토했다. 와이프가 죽었다? 켄 베이츠 회장에게는 미안하지만 그들의 입장에선 협상을 유리하게 이끌 수 있는 장점으로 작용할 수도 있을 것이다.

정신적인 멘탈이라는 것은 비즈니스에 있어서 그만큼 중요하다. 과거 현대의 정주영이 미국 포드와 합작을 할 때 무려 18시간 동안 협상을 한 적이 있었다.

이 때 정주영은 회의실에서 의견을 굽히지 않고 끝까지 버텼다. 이에 놀란 상대에게 항복을 받아 낸 일화는 유명했다.

첼시의 성적으로 볼 때 축구단 자체의 경쟁력은 맨유와 비할 바는 아니라고 생각했다.

허나 경제학적인 관점에서 볼 때, 첼시는 수도인 런던이 연고지인 점과 부유층이 밀집한 지역이라는 게 꽤 매력적인 조건이다.

이 의미는 구단에 적당한 투자만 이루어진다면 재정적 수입원으로서 A급의 가치가 평가 가능했다.

소혜련 실장은 가볍게 고개를 끄덕였다.

"꽤 좋은 정보로군요."

"그렇지만 켄 베이츠 회장은 결코 만만한 인물이 아닙니다. 그는 절대 낮은 가격에 첼시를 매각하려고 하지 않을 거에요."

"그거야 매각하는 입장에선 그게 최선일 테고. 아무튼 직접 접촉하는 게 우선일 것 같네요."

"제 생각도 그렇습니다."

✳

세탁기에서 나온 빨랫감을 건조대 걸이에 널고 있는 새하얀 손은 약간 거친 균열의 주름이 보인다. 수분을 흠뻑 먹은 젖은 옷을 탁탁 털고, 가지런하게 걸쳤다.

그 후, 청소기 손잡이를 곧추 세우더니 마루와 방을 밀고 닦기 시작했다. 시간이 별로 없었다. 그녀는 나머지 설거지까지 더러운 식기와 그릇을 씻고 헹구었다.

미정은 두부를 지지고, 계란을 풀어 계란찜을 만들어 정성스럽게 작은 테이블 위에 올려놓았다. 아버지의 저녁 식사였다.

깔끔한 여자답게 바쁘고 지친 생활 속에서도 미정은 스스로가 여자임을 일부러 각인시키려 하는 듯 했다.

손을 들어 시계를 확인했다.

새벽부터 분주하게 움직인 탓에 다행히 약속 시간은 꽤 남아 있었다. 대충 청바지에 블라우스 차림으로 걸쳐 입더니 빗질 한 두 번에 살짝 립스틱만 바르고는 외출을 했다.

보통 여자와 다르게 외모에 전혀 신경 쓰지 않는 모습이다.

반포 고속 터미널 앞에는 머리에 무스를 발라 잔뜩 힘을 준 회색 슈트 차림의 현수가 손짓을 하고 있었다.

"어이!"

"쪽팔리게 손짓은!"

"뭐 어때?"

미정이 짐짓 어색한 표정으로 투덜대자 현수는 요즘 유행하는, 작지만 세련된 디자인의 백팩 Back Fack을 맨 채로 그녀의 손을 잡아끌었다.

"왜? 버스 안 타고?"

"버스는 무슨! 이 오빠 체면이 있지. 택시 타자."

"오빠? 웃겨! 나이도 어린 것이 어딜?"

"어쮸? 까불래?"

"또! 택시? 여기서 용인 자연 농원까지 얼마나 걸리는 줄 알아?"

"후후, 알아. 잘 알지."

"칫, 현수씨 아버님이 아무래도 현수씨 잘못 가르쳤나 보네. 이 오렌지족!"

"아! 거 참! 아줌마야? 말 많네."

"지금 덤비는 거야? 누나한테?"

"그래. 덤빈다 왜? 암튼 잔말 말고 따라오셔."

근 한 달 만에 보는 데이트, 아니 만남이었다. 사실 현수도 얄궂은 자존심 때문에 자주 전화로 귀찮게 굴지는 아니했다.

그러면 미정은 현수에게 적극적일까? 미안하지만 그것도 아니었다.

그냥 이성 친구, 그렇지만 그보다는 조금 더 가까운 정도가 객관적인 표현일까? 이 둘 사이에는 강이 하나 놓여 있었다.

그 강은 단순히 국어의 수사적인 표현으로 설명이 어려운 미묘한 감정선을 품고 있을 뿐이다.

그 느낌은 마치 푹신한 곰돌이 베개인형처럼 지치고 힘들 때 기댈 수 있는 버팀목과 같은 쿠션의 역할일 것이다. 어쨌든 용인 자연 농원은 예나 지금이나 혼잡했다.

특히나 토요일은 더욱 그러하다.

현수가 둘의 자유 입장권을 구매해서 들어가자 미정은 대뜸 딸기 아이스크림을 사서 현수의 입에 물어 줬다.

"먹어봐. 내가 사는 거야."

"그 놈의 성격하고는…. 뭔 여자가 이리 당돌해?"

"성격은 무슨? 맨날 얻어먹는 건 내 성미에 안 맞다구. 암튼 구경 가자. 빨랑 와! 우히히!"

현수는 언성을 높이면서 마음에 안 들어 하는 표정을 지었다.

"천천히 가도 되잖아. 애처럼 처음 온 것도 아니고… 쯧."

"…자연농원은 처음 왔는데?"

"아, 그래?"

다소 특이한 여자임은 분명했다. 무언가를 현수에게 얻어먹으면 그 후에는 반드시 자기가 산다.

비록 경제력 때문에 크게는 못 쓴다 해도 원래 자라 온 환경과 성격인 듯 했다. 몇 몇 인기 있는 놀이 열차를 탄 후, 그 유명하다는 사파리 월드로 향해 들어갔다. 가장 인기가 많은 코스여서 그런지 거의 1시간을 넘게 지루하게 기다린 끝에 입장이 가능했다.

특수 제작된 두툼한 철조망이 덧씌워진 대형 버스가 움직이자 창가에 앉아 있던 미정은 인공 사파리로 시선을 이동시켰다. 미정이 탄성을 질렀다.

"우와. 현수씨! 봐, 봐. 곰이야. 곰!"

"어디? 저 놈이 대장인가?"

"호랑이네? 뭔 배짱인데 차를 가로 막고…."

"아마 운전사가 먹을 간식을 줄 걸?"

"어라? 진짜네. 푸하하! 너무 귀엽다. 저 호랑이!"

"어디! 어디?"

바로 그 때 미정은 현수가 상체를 들어 창가를 보다가 자신의 몸 위로 포개진다고 느껴야 했다.

동시에 강렬한 머스크 향의 스킨이 코끝을 강하게 찔러왔다. 가슴에 전기가 온 것처럼 찌릿한 감정의 물결이 미칠 것처럼 밀려왔다. 이런 미정의 반응을 아는 지 모르는지 그는 버스가 흔들리자 중심을 잡기 위해 미정의 어깨와 의자 후면을 덥석 잡았다.

대체 무슨 느낌이지?

나 왜 이래?

태어나 처음이었다. 그 지긋지긋한 남성의 체취가 아닌, 그 정체는 향기로움이다. 가슴이 두근두근 뛴다. 전혀 이성으로 느껴 본적이 없던 아이다. 왜 이런 거지?

"왜? 왜 그렇게 쳐다봐?"

"……."

"아, 아니."

"미친! 실없기는!"

그는 여전히 주절주절 농담만 하면서 웃을 따름이다. 다시 현수를 본다. 안경을 끼고, 눈도 약간 째져 있었고, 주근깨도 다소 있다. 코도 높지 않았고 약간 어깨도 굽어 있다. 하지만 깔끔하고 단정했다. 언제나 자신감이 넘치고 당당했다. 타인을 배려할 줄도 알고 용기도 있었다. 무엇보다 그는 추하지 않았다. 그의 이름을 일부러 불러 보았다.

　"현수씨?"

　"왜?"

　"아니, 그냥."

　"재미없다. 그런 농담."

　"……."

　가슴이 두근거리는 경험은 태어나 참 오랜만이었다.

　이 기분… 이 찌릿함… 조금만 더 느꼈으면 좋았을 텐데. 아쉬웠다. 무언가 허전한 그런 느낌이다.

　많은 남자를 접했고 한 때는 잘 생긴 미남에게 기대를 한 적도 있었다. 꿈을 꾼 적도 있었다. 이 더러운 지옥에서 나를 구원해달라고. 나를 데려가 달라고. 나를 살려 달라고. 허나 모두 이기적인 바램일 뿐이다.

　… 그도, …나도. 대가 없이 무언가를 바라면 그 순간 그 인간은 타락에 물들게 되는 법이다.

　모닥불 위에 붙은 불꽃은 세상의 모든 더러움을 태울 것

132

처럼 넘실대지만, 광란의 시간 뒤에 남는 것은 앙상하게
비틀어진 심지뿐이다.

혹시 모를 기대는 어김없이, 잔인하게 강탈해갈 뿐이다.

꿈, 기대, 희망, 설레임, 사랑까지.

스스로 자존감을 낮추면 낮출수록 마음은 피폐해진다.
그런 탓에 억지로 콧대를 높여야 했다.

이 아이.

아마 AMC 엔터테인먼트 쪽에 어떤 끈이 있을 것이다.
그녀가 어찌 모르겠는가. 그녀는 바보가 아니다.

최근 AMC 엔터는 연예계에 태풍의 눈이나 마찬가지였
다.

예음 레코드에서 잔뼈가 굵은 강대수가 사장으로 있으
며 10대, 20대의 광적인 지지를 받는 현 가요계의 Top of
Top이다. 최근에는 나라 기획과 흡수 합병을 통해 가요계
의 절대 강자로 떠올라 있었다.

쉽게 말해 강대수는 예전의 강대수가 아니었다.

이제는 웬만한 기자는 취재조차 어려운 거물급 위치에
올랐다는 게 옳다.

그녀에게 너무 높은 벽이다. 그 벽은 그냥 벽이 아닌, 성
벽이다. 그녀가 올라가면 바로 떨어지고 마는.

100조를

향해서

NEO MODERN FANTASY & ADVENTURE

Part 9-3. 1993. London 첼시 F.C

　연예계에서 그 프로덕션이 보유한 연예인의 위치에 따라 그 위치가 정해진다. 댄스와 메탈을 조합해서 만든 그룹 Inner Circle, 요정의 재림이라는 Twinkle, 뛰어난 가창력과 꽃미남 2인조 Double Beat, 초딩들의 우상이라는 Big Boys 까지.

　이른바 현 가요계 최강의 그룹 4 팀을 모두 보유한 기획사였다. 이 네 팀의 현재 팬클럽 숫자를 합하면 2백 만명이 넘었다.

　우스개 소리로 합동 콘서트나 가요 제전에서 AMC 엔터테인먼트 소속 그룹이 출연하지 않으면 표가 안 팔린다고 할 정도였으니 오죽 하겠는가. 그녀와 같은 무명의 연예인

지망생에게 이 턱은 턱이 아니라 거대한 성벽이었다. 높아
도 너무 높다.

저 멀리 신기루는 금방이라도 잡힐 듯이 가까워 보이지
만, 정말로 걸어가 보면 안다. 그 신기루까지 거리가 얼마
나 먼 거리인지를.

현수를 본다.

평소 그의 옷을 입는 태나 씀씀이를 보면 대한민국에서
도 2-3% 안에 들어갈 정도로 집이 부유한 게 틀림없다.

그 때문일까. 거리를 두어야 했다.

자신에 대한 초라함일까. 아니면 자격 때문일까. 모를
일이다.

저 멀리서 현수가 손짓을 하면서 환하게 웃었다.

"롤러 코스트 타자!"

"롤로 코스트? 안 무서워?"

"기왕 여기까지 왔는데 한번 타봐야지. 안 그래?"

"그럴까? 좋아."

바람이 이 세상의 모든 번민을 깨끗하게 실고 갔다.

롤로 코스트가 일으킨 미친바람은 머리칼을 뒤헝클었
고, 세상을 뒤집었다. 절정이다!

"이야! 멋진데!"

"우와!"

"으아아앗!"

"바보!"

"무섭냐? 정현수?"

"무섭긴! 으윽!"

"떨고 있는데? 푸하!"

"웃기네!"

"하하하"

광폭하게 돌고 돌던 롤러 코스트가 정지했다. 뛰던 가슴이 서서히 진정되기 시작했다. 미정은 홍시처럼 상기된 얼굴빛으로 현수의 손을 잡아끌었다.

"으잉? 이제 연인 흉내 내는 거야?"

"연인은 무슨! 현수씨와 내가 어울리기나 하냐. 아아! 양가의 집안 배경 차이로 애끓는 비극적인 신파 놀이는 딱 질색이거든."

"뭔 소리를 그렇게 해? 혹시? 염세주의자?"

"그건 아니고."

"유치하기는. 그보다 저녁에 명동에 일 있다고?"

"응. 못해도 저녁 7 시까지는 가야 해."

"백 댄서라고 그랬나?"

"스커드라는 혼성 그룹 알아? 요즘 반응이 괜찮은 편이야. 전에 있던 백댄서 팀 실력이 별로라서 이 누나가 뽑혀서 가게 되었지."

현수는 주머니에 손을 상태로 살짝 불만을 터트렸다.

"스커드라? 그런 것 꼭 해야 해?"

"어허! 이건 내 세계. 마음대로 재단하고 참견하지 마. 그런 건 딱 질색이니까."

"허세 떨기는! 쯧!"

그러자 미정은 흥미롭다는 묘한 표정을 짓더니 깔깔거렸다.

"푸하. 허세라니? 원래 우리처럼 가진 것 없는 년들은 그나마 그런 존심조차 없으면 세상 살기 힘든 거 몰라?"

"도와줄까? 돈이든 뭐든?"

"돈이라. 주면 좋지."

현수는 두 눈을 똑바로 직시하면서 말을 내뱉었다.

"그럼 줄게. 까짓 거."

"됐어. 부담 되거든? 그런 행운은 바라지도 않아. 울 엄마가 남에게 도움 받으면 한평생 가슴에 돌을 얹고 사는 거라고 그랬어."

"어머니?"

"돌아가셨지. 저 멀리 천국으로…. 아! 엄마 보고 싶다. 하하."

"이 오빠가 그 정도 능력은 돼."

"오빠는 큭. 미안한데…."

"미안은 그냥 말로만 하면 되는 거고, 나 능력 괜찮은 남자야."

"웃겨! 찐따 같은 게! 너? 나보다 나이 어리잖아."

"시끄러!"

"……."

"눈 딱 감고 받아. 나중에 후회하지 말고."

현수는 평소와 달리 낮은 저음의 굵은 톤으로 정면으로 미정을 응시했다. 허나 미정은 언짢다는 표정으로 팔짱을 끼더니 서늘한 어조로 쏘아 붙였다.

"글쎄? 내 생각엔 현수씨와 나는 이 정도가 딱 좋은 것 같은데? 더 이상 내 영역은 침범하지 않았으면 좋겠어."

"아, 아아. 그래. 그래. 뭐 굳이 센 척을 한다면야…."

"에휴. 재미없다. 그치?"

"좀 걸을까? 택시도 없는 데… ."

"그럴까?"

"응."

어느덧 늦은 오후가 되자 그 둘은 천천히 용인 자연 농원에서 벗어나 버스 정류장을 향해 걸어가고 있었다.

그 둘은 버스를 타서도 짧은 침묵만 지켰다. 미정은 창가만 응시하면서 무언가를 골똘하게 생각하는 모습이다.

그는 직감적으로 느꼈다. 이 기분은 뭐라고 할까? 마치 전자렌지에 갓 데워진 음식 그릇 밑둥을 잡을 때처럼 뜨거운 감촉의 난감함임을.

참! 정말이지 여자는 알 수 없는 존재다. 저 입술, 저 귀여운 볼, 저 머리칼… 사랑이란 참. 문득 그녀의 몸을 쓰다듬어 주고 싶다는 욕망을 느꼈다.

✳

주말의 명동은 언제나 그렇듯이 번잡하고 화려했다. 그 뒤로 모 패션 회사의 주최로 소규모 이벤트가 얼마 후에 이곳에서 시작할 예정이었다.

몇 몇 이름도 알지 못하는 다운타운 밴드가 한창 무대를 뜨겁게 달구고 있었고, 조금 후에는 최근 방송에도 자주 얼굴을 비추는 '스커드 Scud' 라는 4 인조 혼성 그룹이었다.

스커드는 이제 막 뜨기 시작한 그룹이었다. 주위에는 수백명의 관중들이 구름처럼 몰려와 환호를 하면서 뜨겁게 용광처럼 달구어진 무대를 구경하느라 정신이 없었다.

현수는 미정이 돌아가라는 말도 뿌리치고 미정의 활동 모습을 별 뜻 없이 지켜보기로 했다.

미정은 간이 무대 뒤편에서 곧장 무대용 옷으로 갈아 입더니 작은 스포츠 용품 가방을 메고 걸어 나왔다.

"이거 내 소지품이니까 현수씨가 좀 맡아 줘."

"그래. 몸매 죽이네?"

"변태 아저씨 또 시작이네."

"칭찬도 못하냐?"

"암튼 고마워. 나 무대 하는 거 어떤 지 지켜봐. 알았지?"

"알았어. 열심히 해."

"오케이! 파이팅!"

아직 스커드의 무대가 시작되려면 시간은 꽤 남았다. 허나 미정은 장난스럽게 현수와 하이 파이브를 하더니 부리나케 뛰어 들어가야 했다. 생각과 달리 이미 그룹의 멤버와 댄서 팀이 도착해 있던 탓이다. 그녀가 속한 '수크림팀'은 이 바닥에서 댄싱 실력으로 꽤 유명한 팀이었다.

요즘 소속사 사장인 배명수는 다른 여자에게 필이 꽂힌 탓인지 더 이상 그녀를 괴롭히지 않았다. 또한 미정의 재능도 나름 높이 사서 그의 인맥을 통해서 수크림팀에 꽂아 주었으니 최근에는 삶에 활력이 다소 넘치는 편이라 아니할 수 없다.

미정은 다급하게 고개를 숙이며 연신 사과부터 했다. 예상과 달리 경부 고속도로에서 차가 많이 막힌 탓에 무려 20분 이상을 지각한 탓이다.

"늦어서 죄송합니다. 죄송합니다."

"우리는 괜찮은데… 저기…?"

"아?"

여자 선배들이 거미줄 같은 블랙 타이즈를 신으면서 슬쩍 고개 짓으로 상황을 전달했다.

"아… 죄송합니다."

"죄송은 무슨! 주제도 모르고…."

"그, 그게."

"아무튼 요즘 애들은 진짜!"

혀를 놀려서 비꼰 주인공은 스커드의 메인 보컬인 손경미였다. 그녀의 얼굴은 이미 한겨울의 빙설처럼 단단하게 굳어 있었다.

아마 평소라면 달랐을 것이다. 그녀도 이렇게 심하게 모욕을 줄 만큼 인성이 바닥에 떨어지지는 않았다.

하지만 거듭되는 빡빡한 스케줄에 따른 극심한 수면 부족이 문제라면 문제다. 이는 결국 심각한 스트레스를 불러왔고, 하필이면 백댄서까지 지각을 하자 그만 성격이 폭발하고야 만다.

그녀로서는 메인인 그룹보다 백댄서가 늦게 오는 이 사태가 도저히 이해가 되지 않았다.

자신이 어렸을 때는 저러지 않았었다. 어떻게 저런 게으른 태도로 연예계에서 성공을 꿈꾼다는 건지. 전부 골빈 년들뿐이다.

짜증이 확 밀려왔다.

경미는 서릿발처럼 냉랭한 표정으로 입 꼬리를 치켜 올

리더니 중얼거렸다.

"요즘은 백댄서가 가수보다 늦게 오나 봐? 안 그래? 매니저 오빠?"

상황이 만만치 않다고 판단한 것일까? 다른 3명의 백댄서는 눈치를 살피더니 시선을 회피했다.

그럼에도 미정은 생각 외로 야무졌다. 사과는 사과로 일단 끝낸 후, 이유 없는 모욕은 더 이상 받지 못하겠다는 어투로 차분하게 대응한 것이다.

"경미씨? 방금 뭐라고 하셨죠?"

"뭐? 경미씨? 이런!"

"네. 그럼 뭐라고 할까요?"

"이거 진짜 싸가지네. 별 그지 같은 게!"

내심 그녀는 적당한 수준에서 군기를 잡고 끝내려고 한 것은 사실이었다. 허나 상대가 예상 외로 당차게 나오자 이제는 주위의 시선 때문이라도 쉬이 지나치지 못했다.

그녀는 자신이 이 싸가지 없는 계집애에게 하늘이 얼마나 높은 지 보여 주고 싶었다. 그리고 다리를 꼬면서 담배 한 대를 꺼내 불을 붙이기 시작했다.

그리고 고함쳤다.

"정식으로 사과해!"

"경미야!"

"모두 안 해?"

"네."

이런 것들은 본보기를 보여야 정신을 차리지. 너! 만약 내 앞에서 사과 하지 않으면 앞으로 넌 연예계에 발도 못 붙이게 할 테니 자신 있으면 해 봐."

"……."

"미정이라고 했나? 세상이 우습지? 그치? 어디서 저런 게 나타나서!"

살기 어린 정적은 간이 무대 뒤를 스쳐 지나쳤다. 미정 은 미세하게 눈을 떨고 있었다. 눈에는 수치스러움에 눈물 이 살짝 고여 있었다.

스커드의 다른 멤버들은 기 싸움이 흥미롭게 전개가 되 자 광채를 드러내며 주시했다.

"정식으로 고개 숙여서 사과 안 해?"

"아까 수크림팀 언니들에게 사과를 했어요. 그런데 왜 내가 당신에게까지 이런 말을 해야 하죠? 당신이 내 윗 사 람인가요?"

"미, 미정아!"

"이런 딸팍한 년을 봤나. 너는! 너와 내가 같은 위치라고 생각하는 거야? 기가 막히는군. 고작 백댄서 주제에!"

"고작 백댄서라니? 말 함부로 하지 마!"

"큭, 오빠! 뭐하는 거야? 저 년 그냥 둘 거야?"

연예계에서 인기는 권력의 가치척도나 비슷했다.

대중의 인기에 따라서 해당 연예인의 몸값과 위상이 정해지는 잔인한 세계라 할 수 있다. 기획사는 스타의 백그라운드가 됨과 동시에 상품으로서 철저하게 보호를 해야 했다. 더구나 손경미의 소속사인 오메가 엔터테인먼트는 만만한 회사가 아니다. 그 윗선으로 올라가면 더 추악한 냄새가 풀풀 풍기는 집단이었다.

이 세상 어디에나 갑과 을은 존재한다. 이름 없는 백댄서는 차고 넘쳤고 그들의 눈에 이들은 전형적인 약자에 불과할 뿐이다.

스타는 어느새 가해자가 된다. 한창 어린 나이에 사회의 가치관에 대해 학습하지 못한 영향은 정신적으로 미성숙으로 이어진다. 그리고 갓 데뷔하여 대중의 지지를 얻게 되면 세상이 자신을 중심으로 돌고 있다고 믿게 된다. 이른바 오만과 독선이다. 그 후에는? 과연 어떤 결과가 발생하게 될까?

이런 기세 싸움은 연예계 뒤편에서 비일비재했다.

매니저는 생계를 위해서 스커드 멤버의 눈치를 봐야 했다.

그는 기획사 사장이 얼마나 스커드를 아끼는지 알고 있었다.

손경미가 이 정도까지 할 정도면 적당히 마무리하기가 어려워졌다. 이미 강을 건넌 것이다. 주위의 시선 때문이다.

젠장! 속된 말로 울화통이 터질 것 같았다.

저 딴 철부지 계집애 비위나 맞추려고 이 길에 들어선 것이 아니었으니까.

"이거 안 놔!"

"시끄러! 쌍!"

그럼에도 그는 어느새 얄미운 손경미가 아닌, 창백하게 질린 신미정의 머리칼을 거칠게 잡고 도살되는 개처럼 질질 앞으로 끌고 왔다. 미정은 반항했다.

"놔! 놔!"

"조용 안 해?"

스타의 조롱, 매니저의 강압, 약자의 회피, 그리고 몇 몇 남자들이 팔짱을 낀 채로 서 있었다.

"누가 신고 좀!"

"이런 뒈질래? 쫙! 경찰에 신고하는 년은 나중에 죽었다 복창해야 할 거다. 알겠냐? 앙?"

"아악!"

매니저는 남자의 악력을 이용해서 발버둥치는 미정의 뺨을 강하게 때리면서 뒤통수를 손으로 잡고는 억지로 무릎을 꿇렸다.

화장한 마스카라가 범벅이 되고 반항하는 모습에 손경미는 히죽 웃으면서 절대자처럼 속삭였다.

"잘 봐."

"흐흑!"

"미안하지만 이게 이 바닥에서 너의 위치야. 알겠니? 큭큭."

그러던 그 때였다.

'쾅' 하는 굉음과 함께 과일이나 다과 따위를 놓아 둔 기다란 테이블이 뒤집어졌고 누군가 거칠게 난입했다. 그는 세상의 절대자인 사자처럼 포효하면서 고함을 쳤다. 그것은 죽음과 같은 살기였다.

"미정아! 이런 미친!"

100조를 향해서

NEO MODERN FANTASY & ADVENTURE

Part 9-4. 1993. London 첼시 F.C

　　남자의 눈에 불꽃이 뛴 것은 그 시점이었다. 그의 동작은 마치 맹수처럼 굉장히 빨랐고 민첩했다.

　　주위에는 연예계에서 명성이 자자한 오메가 엔터테인먼트의 경호원, 관계자들이 4-5명이 있었지만 정현수의 거침없는 동작에 잠시 주저할 수밖에 없었다. 내가 아니더라도 다른 사람이 나설 것이라는 기대 심리일 것이다.

　　현수의 입에서 욕이 튀어나왔다.

　　"씨발! 개새끼들!"

　　손에 들려 있던 콜라캔은 강한 악력을 받아 우그러지더니 분수처럼 검은 액체가 뿜어 나왔다.

　　그는 직감적으로 문제가 발생한 것을 눈치 챘다.

미정이 강압적으로 무릎을 꿇려져 있다니! 헝클어진 머리칼과 충혈 된 동공은 떨고 있었다.

감히! 1-2초에 불과했지만 쉽게 결론이 내려진다. 그런 탓에 그의 손은 절대 사정을 봐주지 않았다. 너희들이 지금 누구를 건드렸는지 똑똑히 보여줄 생각이다.

가장 먼저 미정의 뒤통수를 억누르던 남자의 손을 오른발 앞차기로 찍어서 그대로 짓이겨 버렸다.

극심한 고통에 고함이 터져나왔다.

"으아아악!"

지난 3년간 복싱과 헬스에 매진한 고통으로 얼룩진 시간을 보상이라도 해주려는 것일까? 그는 극도로 난폭했다. 또한 거침이 없었다.

싸움은 깡이라고들 한다.

그러나 그 깡도 초보들 사이에서나 이야기일 뿐이고 기본 레벨 이상의 인물에게 그 다음 중요한 것은 체력이다.

끊임없는 줄넘기와 숨이 턱턱 막히는 조깅은 지금과 같은 일 대 다수의 싸움에서 효율적인 동선을 점하게 만들고 있었다.

"죽어!"

탈골된 손목을 부여잡고 흐느끼는 매니저의 면상을 향해 현수의 주먹이 휘둘러졌다.

그 주먹은 번개처럼 빨랐다.

또한 해머처럼 강했다. 상대는 극도의 공포에 휩싸인 채
뒷걸음질을 쳐댔다. 그러면서 겁에 질린 표정으로 손사래
를 쳤다.

"잠, 잠깐만!"

"너 따위가 감히! 감히!"

"그, 그게 아니라"

"미정이한테 무슨 일 생기면 장담하는데 여기 있는 새
끼들 다 죽는다 생각해라."

퍽, 퍽!

경쾌한 타격음이 이어졌다.

이빨이 깨졌고 피분수가 솟구쳤다. 덩치가 커서 딱 보아
도 포스가 느껴지던 스커드의 로드 매니저는 결국 그 자리
에서 주저앉고야 만다.

순식간에 괴성이 오가면서 장내는 혼란에 휩싸였다.

"으아악! 저 새끼 뭐야?"

"모두 뭐해? 막지 않고?"

"넌 뭐야!"

"병신 같은 새끼들. 퉤! 미정씨?"

"…현, 현수씨?"

"괜찮아? 괜찮아? 응? 응?"

"쿨럭!"

현수는 주위를 향해서 강하게 일갈하면서 미정을 부축했다. 그 옆에는 세상 무서울 것 없이 도도한 모습을 연출하던 손경미가 겁에 질려 새하얗게 변해 있었다.

"당, 당신 누구야?"

"여기가 어디라고 난리야!"

두 번째 말은 뒤에서 나는 소리였다.

그 때까지 상황을 지켜만 보던 기획사 관계자인 3명의 남자가 인상을 찡그리면서 달려든 것이다. 하지만 현수는 예전의 그 약해 빠진 아이가 아니다.

적이 어설프게 휘두르는 주먹의 궤도와 타격점을 정확히 확인할 정도로 동체 시력이 뛰어났다.

그는 적의 공격을 피해서 상체를 부드럽게 숙였고, 그 즉시 원투 스트레이트로 반격해 뻗었다.

펀치는 눈에 보이지 않을 정도로 빨랐고 정확했다.

몇 번의 공격에 가장 앞에 있던 2명이 휘청거리면서 주저앉기 시작했다.

다시 펀치가 소나기처럼 쏟아졌다.

복싱을 배운 자와 안 배운 자의 차이점은 이렇게 컸다. 현수는 살짝 입꼬리를 치켜 세웠다.

"병신! 느려 터져 가지고!"

뒤늦게 달려드는 놈의 사타구니를 그대로 로우킥으로 찼다. 정통으로 맞은 탓인지 적은 불붙은 메뚜기처럼 방방 뛰면서 미칠 듯한 고통을 느꼈다.

"으아아아악!"

하지만 마지막 하나 남은 적이 기습적으로 반격을 해왔다. 태권도의 찍어차기와 날아차기가 혼합된 동작으로 공중을 가르면서 양 발이 날아 들어온 것이다.

그 발은 맹렬하게 회전을 하면서 삼각형으로 풍차를 돌리듯이 현수의 상체와 옆구리를 스쳐갔다. 현수는 본능적으로 두 팔을 엑스자로 모아 공격을 무력화시켰다.

전신에 찌릿한 충격이 강하게 전달되었다.

그는 이를 강하게 깨물었다.

순간적으로 시야에 적의 허점이 드러났다.

동시에 무서운 속도로 적의 상반신을 향해 짓쳐 들어갔다.

주먹을 휘둘렀다. 여유가 없는 탓에 예각으로 짧게 끊어쳤지만 다행히 적의 복부에 연타로 가격이 성공한다.

복부는 여타 다른 부위와 달리 쉽게 단련이 되는 곳이 아니다. 적은 그 즉시 입에서 개거품을 내면서 바닥을 뒹굴었다.

"겨우 이 정도 실력을 믿고 까분 거냐?"

순식간에 4명의 남자를 처리한 현수는 비릿하게 조소를 지었다. 그리고는 고개를 돌리더니 얼어붙은 손경미의 목울대를 갈고리 모양처럼 모아서 거칠게 잡아챘다.

"살, 살려주세요. 선생님. 네엣? 커억."

이 여자가 미정에게 저런 것일까?

여자는 겁에 질려서 캑캑거렸다. 그 모습은 마치 두꺼비가 어린 아이에게 잡혀서 똥오줌을 싸는 그런 비굴한 모습과 닮아 있었다.

복싱 관장은 복싱만 전문이 아니었다.

노회한 관장은 젊은 시절에 합기도와 특공 무술에 심취한 적이 있었기에 심심할 때마다 자신이 창안한 살인 기술을 현수에게 가르쳐 주었다.

물론 그 이면에는 현수가 음양으로 체육관에 지원해 주는 물질적인 힘과 꾸준하게 운동에 전념하는 성실한 모습에 신뢰를 보낸 측면이 존재할 것이다.

현수는 이제 장내를 지배하는 존재가 되었다. 그는 섬광처럼 눈을 번득이면서 수크림 팀으로 시선을 돌렸다.

"대체 어떻게 된 거야? 죽기 싫으면 설명해!"

"그, 그게."

수크림 팀의 리더는 안도의 한숨을 쉬면서 재빠르게 미정이 지각한 것과 경미가 모욕을 준 상황을 조곤하게 이야기했다. 현수는 정황을 다 듣자 인상을 찡그렸다.

"미정아? 괜찮아?"

"……."

"미정아?"

그는 모호하게 무언가를 생각하는가 싶더니 미정을 살펴 보았다. 허나 그녀는 왜인지 입을 열지 않았다. 공허한 표정이었다. 그러다 뜬금없이 차분한 어조로 머리칼을 정리하면서 현수의 손을 뿌리쳤다.

"괜찮아. 그러니 너무 신경 쓰지 마."

현수는 순간 주변을 향해서 언성을 높였다.

"이 미친! 고작 지각한 것 때문에 이래?"

"……."

"너희 대체 뭐야? 뭐하는 놈들이기에…."

그러자 다른 멤버인 차인혜가 마음에 안 든다는 표정으로 참견했다.

"그 정도면 되지 않아? 이젠 그 손 놓지 그래?"

"넌 또 뭐야?"

"경미가 다소 과하게 행동한 것은 맞지만 이 바닥에는 나름대로 룰이 있어."

"지각한 게 그 정도로 잘못한 건가?"

"한두 번 봐주게 되면 한도 끝도 없게 된다고."

"까불지 마. 분명히 말하는데!"

그는 손경미의 울대를 쥔 손에 힘이 잔뜩 실었다. 동시에 오른 주먹을 꽉 말아 쥔 채 면상을 그대로 후려 갈겼다. 퍽하는 소리가 터졌다. 그리고 파도와 같은 충격이 장내를 강하게 강타했다. 그것은 경악이었다.

"아악!"

곧 어이없는 눈빛이 출현했다.

맞은 이는 여자다. 여자에게, 그것도 한창 잘 나가는 여가수를 때리다니!

미친 놈일까?

아무튼 잔인했다. 주위에 기자가 없음을 다행으로 여겨야 할 것이다. 기자가 있었다면 분명히 특종감이 되었을 것이다.

여자가 아무리 떽떽거려도 웬만하면 참는다. 폭력은 어떤 일이 있어도 나쁘다. 그것이 진정한 남성의 멋이라 여기던 모든 이들은 고개만 설레 흔들 뿐이다.

허나 이 남자 앞에서 이런 통념은 한 줌의 가치도 없었다.

현수는 그 자리에서 서, 너 대를 더 때렸다. 여자의 얼굴은 잘 익은 북어처럼 돌아가면서 그 자리에서 만신창이가 되고 있었다.

퉁퉁 부어버린 볼과 욱씬거리는 눈두덩이, 입술은 부르텄다. 고통은 공포와 비례하는 법이다. 다리는 연신 떨어대면서 소처럼 뒷걸음질 쳤다.

그 뒤로 뒤늦게 소식을 듣고 찾아 온 오메가의 기획 실장이 이 끔찍한 광경에 헛기침을 하면서 중재에 나섰다.

"그만 하지 그래?"

"넌 또 뭐야?"

"아, 아. 진정! 진정! 싸움은 나도 마다하지 않지만 여기 보는 눈도 생각을 해야지 안 그래?"

예리한 눈빛과 다부진 체격, 차분한 목소리.

현수는 직감했다. 이 놈…. 본능적으로 만만치 않아 보였다. 잘못하면 그가 당할 수도 있었다. 저 여유로운 태도 속에 절제된 무도가의 향기가 풍겨졌던 탓이다.

"그래서?"

"여기는 명함… 방금 당신이 쥐 잡듯이 팬 애들을 관리하는 기획 실장 마수혁이오."

그는 명함을 건넨 직후, 쓴웃음을 지었다. 대충 상황을 보니 안 봐도 짐작이 되었던 것이다.

평소 밑의 애들을 무시하기 좋아하고, 인기 좀 있다고 싸가지 없이 행동하던 손경미는 그야말로 처참한 몰골이었다.

기획 실장이 등장했기 때문일까?

그도 아니면 그의 실력을 믿었기 때문일까?

그녀는 아까와는 달리 독하게 눈꼬리를 치켜세우더니 손가락으로 현수를 가르쳤다.

"오빠! 내 앞에서 저 새끼 팔 다리 부러트려서 다시는 걷지 못하게 해버려요! 어서!"

"깝치지마! 회장님 총애를 받는다고 네깟게 감히 나한

테 명령할 군번이라 생각하는 거야?"

"하, 하지만!"

"저 놈은 격투기를 익힌 놈이야. 못 잡을 것은 없지만 전력을 다해야 가능하지. 그런데 내가 너 같은 애 때문에 그런 짓을 할 거라 생각해? 착각도 쯧!"

손경미는 헬쓱해진 표정으로 간곡하게 부탁했다.

"좋아요. 그럼 경찰 불러요. 저런 놈들은…."

"그것도 안 돼."

"왜요?"

"이 띨띨아! 신고하면 기자 온다는 거 몰라? 당장 가수 생활 그만 둘래? 쯧, 그러게 행동 조심하라고 내가 몇 번이나 말했어?"

"오, 오빠."

허나 그는 무언가를 생각하더니 그녀를 등 뒤로 돌린 채 현수에게 다가가 이야기했다.

"이 정도로 난리를 쳤는데 후환이 두렵지도 않나?"

"후환?"

"그래. 후환."

"재밌는 말이군. 이 봐. 내 여자 친구가 모욕을 당했어. 뒷일은 너희가 걱정해야 할 거야."

"좋을 때군요. 여자 친구 있다고 자존심 세우고."

"그렇게 생각하든지."

"나는 원치 않지만 보복이 있을 수 있으니 조심하쇼."

현수는 신랄하게 비웃으면서 미정을 부축했다.

"고작 너희 따위가? 보복이란 말은 내가 너희에게 하는 말이지, 너희 따위가 할 수 있는 말이 아니야."

"거 참."

"너희는 그저 내가 어떻게 나중에 너희를 처리하는 지 기다리면 돼."

"허허. 대체! 무슨 깡이야? 당신? 오메가가 어떤 곳인지 알고는 있나? 오메가 엔터는 오메가의 여러 사업체 중에 하나일 뿐이네."

"꺼져! 딱 이 말 한마디만 하지. 너희는 사람을 잘못 건드렸어."

마수혁은 이해가 어렵다는 표정만 지었다. 그 앞으로는 여자 친구의 어깨를 감싸고 당당하게 걸어가는 한 남자의 등판이 보였다. 대단한 자신감이었다. 마수혁의 앞에서 저렇게 행동할 수 있다니.

무대를 나와 한참을 부축해서 걷던 현수는 그 때까지 아무 말도 없던 미정의 파리해진 안색을 살피며 말했다.

"미정씨? 괜찮아?"

"응."

"뭐 좀 먹을까? 아니면?"

"됐어. 나 먼저 갈래."

"에에! 그러지 말고"

"괜찮아. 머리가 좀 어지러워서."

미정은 미약하게 떨리는 음성으로 명동의 어느 골목에 들어가 털썩 주저앉았다. 그녀는 초록색 가디건에 두 손을 넣은 채 그 자리에서 골똘히 무언가를 생각하는 눈치였다.

길을 가는 구경꾼들은 시선을 도둑질하듯이 흘깃 쳐다보면서 뭐라고 자기들끼리 속삭이기 바빴다.

뭐지? 10대도 아니고. 지금은 밤도 아닌데 저런 불량스런 자세라니. 왜인지 몰라도 괜스레 불길한 예감이 들었다.

차라리 참을 수 없는 모욕에 대해서 분노라도 터트렸다면 오히려 안심했을 것이다. 어떤 생각이 어렴풋이 떠올랐다.

지친 것일까. 정말로 지쳐서?

세상의 빛을 더 이상 보지 못하는 자의 모습이다. 그것은 평온함 속에 숨겨진 것은 초췌함이다. 기댈 곳이 없는 우울, 낙심과 같은 심연일까. 그리고 그 심연은 끝없이 캄캄하고 어두울 뿐이다.

회귀 전 와이프가 언뜻 보여 주었던, 그도 아니면 가출한 누나의 동공에 나타난 그 끝없는 아련함이다.

"집까지 바래다 줄까?"

"아니. 됐어. 그냥 쉬고 싶어."

"미정씨! 그러지 말고!"

"현수씨, 미안. 미안해."

"……."

"미정씨! 미정아! 아 진짜! 대답 좀 해봐! 젠장!"

"……."

"다 해줄게! 그래! 네가 신데렐라 주인공 해라! 내가 백마 탄 왕자 할 테니까!"

"웃겨. 여기서 웬 농담?"

"네가 원하는 게 뭐야. 연예인? 그깟거 내가! 이 잘난 정현수가! 널 대한민국 최고 스타로 만들어줄게. 샹!"

미정은 슬픈 눈망울을 끔벅거리면서 조용히 대꾸했다.

"네가 무슨 능력으로!"

"너! 내가 누군지는 알고 있나?"

"아니."

"젠장! 젠장!"

"연예계가 얼마나 벽이 높은지 알기나 하니? 쯧! 철없기는!"

"야!"

"시끄러! 나 야! 아니거든?"

"야! 야!"

"……."

165

"내가 AMC 오너야!"

"뭐?"

"내가 AMC 회장이라구! 이 멍충아!"

"하하, 하하하하하"

"야! 진짜라니까 그러네! 어휴!"

"끅, 큭큭큭. 아, 아… 나 미쳐. 큭큭큭큭큭."

"진짜야! 나 회장이라구!"

"큭큭큭큭큭큭큭."

미정은 그 순간 자제력을 잃고 미친 듯이 웃음보를 터트리기 시작했다. 절대 고의가 아니었다. 그냥 끊임없이 웃음만 나왔다.

현수의 우스꽝스런 동작, 화를 내는 동작, 투덜대는 동작, 고함치는 동작에 엔돌핀이 생성되면서 웃고 또 웃었다.

100조를 향해서

NEO MODERN FANTASY & ADVENTURE

Part 9-5. 1993. London 첼시 F.C

Part 9-5. 1993. London 첼시 F.C

첼시 FC 는 하나의 거대한 기업이었다.

4 만명 이상을 수용할 수 있는 Stamford Bridge 구장에서 첼시의 대외 협력 담당부서의 부사장이자 임원인 월터 사무엘과 그들은 마주했다.

흔히 드라마 작가들은 이런 경우 당장 첼시의 회장과 만나서 악수를 하는 방향으로 빠른 진행이 보편타당할 것이다. 하지만 거실에서 펜대만 굴리며 판타지 시나리오와 생생한 현실 속의 전개는 많은 차이점이 존재했다.

그들의 입장에선 동양의 조그만 나라에서 온 아시안과 대화를 할 수 있는 자격은 월터 사무엘 정도면 적절하다 판단한 것이다.

아르헨티나 태생의 월터 사무엘은 뜨거운 블랙 홍차와 짭짤한 감자 칩을 권하면서 질문했다.

"…이야기는 대강 들었소. 직접적으로 질문을 드리죠. 그 쪽에서 생각하는 매수 금액은 대략 얼마나 됩니까?"

"음, 이건 일반적인 거래 방식이 아니라 생각되는데 아닌가요?"

"왜죠?"

"세계 어느 나라에서 매수자가 매입을 원하는 물건의 가격을 정하던가요? 매각 의사가 있는 첼시측의 권한 있는 분이 결정해주시는 게 옳지 않을까요?"

최상철은 평소 한국에서는 보여주지 않는 소실장의 카리스마 넘치는 모습에 꽤 감탄해 마지않았다. 늘 미소가 넘치는 소혜련 실장이 이런 모습을 보여주다니!

확실히 영어가 완벽하게 되니 통역을 통해 원래의 어감이 왜곡될 일도 없었다.

특히나 지금과 같이 밀고 당기기를 끊임없이 해야 할 시점에서는 더욱 그러할 것이다.

월터 사무엘은 모호한 눈빛으로 살짝 웃었다.

"틀린 말은 아닌 것 같소. 하지만 급한 쪽이 항상 먼저 움직이는 법이죠. 우리는 미안한데 전혀 급할 게 없습니다. 저희 회장님 지시는 한국 쪽에서 첼시를 얼마에 인수하고 싶은지만 알아보라고 하셨습니다."

"……"

"뭐 그게 어렵다면 여기서 스탠포드 브릿지 투어나 하시면서 천천히 돌아가셔도 상관없겠군요."

"좋아요. 직설적으로 말하죠. 1천 8백만 파운드 제시하죠."

"흥미롭군요. 1천 8백만이라. 너무 가치를 낮게 평가한 것 아닙니까?"

"글쎄요? 정말 그럴까요?"

"비록 첼시가 주식 시장에 상장은 안 되어 있다 해도 우리 구단 밑에서 일하는 직원의 숫자가 몇 명인지는 알고 오셨나요?"

소실장은 탐스런 갈색의 머리칼을 넘기면서 뿌루퉁하게 대꾸했다.

"저는 이 정도 금액이면 충분하다고 봅니다만?"

"꽤 당돌한 아가씨군."

"정직하게 말하죠. 한국에 계신 AMC 그룹의 회장님께서는 맨체스터 유나이티드나 아스날, 리버풀 중 적당한 매물이 있으면 접촉을 해보라고 지시를 내린 것이 전부입니다."

"그런데요?"

"어제 날짜로 런던 증권 거래소에 상장된 맨유의 시가 총액이 6,200만 파운드라고 하더군요. 맨유가 발행한 모든 주식총수를 다 계산했을 때 이 정도 금액이 떨어지게 됩니다.

하지만 맨유는 작년 우승 팀이고, 첼시는 11위 팀이라는 게 중요하지 않을까요?"

월터 사무엘은 의외라는 눈빛으로 동의했다.

"자료를 많이 준비했군요. 확실히 그렇긴 그렇지. 맨유와 첼시는 비교가 안 되는 건 사실이죠."

"프로 스포츠에 있어서 이 정도 순위 차이가 클럽의 관중수, 입장료, 방송 중개권료, 스폰서 유치를 할 때 비교가 안 된다는 것쯤은 아시지 않나요? 솔직히 첼시는 저희 그룹의 후보 명단에도 없었습니다."

"그런가요? 첼시 직원으로서 안타까운 일이군."

"그 정도 금액을 투자해서 첼시를 인수한다 해도 아마몇 년 동안 그 이상의 금액을 더 쏟아 부어야 첼시가 프리미어리그에서 상위권으로 도약이 가능하지 않을까요? 이런 것을 고려해 보면 절대 적은 금액이 아닙니다."

"좋군. 좋아. 꽤 설득력이 있어 보이는군요."

"비꼬는 건가요? 무슨 뜻이죠?"

"허나 애석하게도 모든 거래라는 것은 쌍방이 박수를 칠 때 소리가 나는 법이죠. 결정적으로 우리는 그다지 구단을 매각할 의사가 없다는 게 중요하지 않을까요. 아무리 정확한 자료로 브리핑을 하고 논리 정연하게 설득을 해도 이럴 때는 방법이 없지 않을지."

"그러시다면야. 며칠 전 맨체스터 유나이티드의 알렉스

퍼거슨경을 만나고 왔습니다."

"퍼거슨경을?"

여전히 30-40% 밖에 이해하지 못하는 영어였지만 유심히 소혜련 실장과 월터 사무엘의 피 튀기는 설전을 지켜보면서 '퍼거슨'이라는 단어에 놀라는 표정이 다소 우스꽝스러웠다.

그 때문일까? 처음 악수를 할 때만 해도 - 비록 겉으로는 정중했지만 - 백인 특유의 약하게 상대를 깔보는 기색이 어느덧 사라짐을 느껴야 했다.

확실히 어떤 자리에서 그들보다 '급'이 높은 인물의 등장은 어떤 식으로든 영향력을 행사하는 게 사회였다.

소혜련 실장은 배시시 미소를 지으며 말했다.

"그 분은 진심으로 축구를 사랑하는 것 같더군요. 저희 회장님께서도 축구를 좋아하는 분입니다. 저희가 약속할 수 있는 것은 첼시를 저희가 인수하게 된다면 한국 축구의 미래에 큰 기폭제가 될 것이고 유럽 축구의 볼모지였던 아시아에 기틀을 만들 수 있게 될 겁니다."

"……."

"또한 저희 그룹만이 첼시를 5년 뒤, 10년 뒤에 첼시 서포터즈의 성원에 부끄럽지 않는 명문 구단으로 만들 능력이 있다고 생각합니다. 이 점을 귀사의 회장님께 보고해서 한번 더 협상의 기회를 달라고 해주세요. 부탁드립니다."

"그렇죠. 솔직히 긴가 민가했는 데 당신들의 진지한 협상 자세를 보고 좀 감탄한 면도 없지 않아 있소. 윗선에 긍정적으로 보고를 할 테니 다음에 또 봅시다."

"고맙습니다. 월터 사무엘!"

"별 말씀을!"

AMC 본사 회장실.

런던에서 지난 주에 한국에 도착한 최상철은 현재 부회장 겸 (주)AMC 사장 직책을 맡고 있었다. 그는 회장실 문을 노크한 후, 천천히 들어갔다.

"부르셨습니까?"

"아, 들어오세요."

"네."

마침 현수는 어두운 표정으로 신문을 보는 중이었다. 그러다 최상철을 보고 살짝 이맛살을 찌푸렸다. 딱 봐도 사우나라도 다녀왔는지 머리칼에 물기가 잔뜩 젖어 있었던 탓이다.

"…눈이 충혈 되어 있는데? 요즘 바쁜가 보네요."

"어제 중소기업회관에서 무슨 표창인가 받느라 관계자들과 어울려 술을 마시느라 잠을 못 잤습니다."

"이거 괜히 미안하네요. 외부에 얼굴 마담 하시랴, 업무는 업무대로 많고 일이 너무 많은 것 같네요."

"아, 아닙니다. 이게 제 적성에 맞습니다. 하는 일 없이 사무실에서 펜대만 끄적거리는 그런 꼰대 스타일은 영 아니라서요."

현수는 그래도 내심 미안한 마음이었다.

워낙에 정신이 없다 보니 정작 자신의 사람은 챙기지 못했던 것이다.

나이 때문에 모든 공식 행사는 AMC 그룹을 대표해서 나가는 데다 중요한 프로젝트는 모두 다 맡고 있었기 때문이다.

"앞으로 최 사장님의 직속 부대 형태로 손발이 되어줄 수 있는 능력 있는 직원을 더 뽑으세요. 연봉만 많이 주면 MIT 졸업한 사람도 올 겁니다. 회사가 커지니 혼자서는 감당이 안 될 겁니다."

"아닙니다. 아직 충분합니다. 아마 소혜련 실장이 인상 쓸 겁니다. 에휴. 그 잔소리 들을 거 생각하니."

"이번에 런던 함께 다녀 온 그 분?"

"네. …아주 뛰어난 재원이죠."

"아무튼 더 이상은 못 봐주겠네요. 잔말 말고 인원 더 충원하세요. 그 다음에 런던 출장 건은 어떻게 되었습니까?"

최 사장은 약간 목이 쉰 어조로 설명했다.

"보고서에 올린 것처럼 그 쪽에 의견을 타진해 보니 맨유와 아스날은 아예 매각 의사 자체가 없었습니다. 그 반면 첼시와 에버튼이 가격이 괜찮으면 매각 의사가 있다 했습니다."

"에버튼이라? 에버튼은 지우시고 첼시로 갑시다. 첼시의 인수 가격이 얼마라고 했죠?

"저희 쪽에서 천 8백만 파운드로 가치를 책정해서 인수 타진을 했지만, 씨도 안 먹히더군요."

"천 8백만이라. 음."

"경영권 및 지분율은 어떻게 되죠?"

최상철은 테이블 위에 놓여진 녹차 티백을 적당히 우러날 정도로 넣으면서 말했다.

"켄 베이츠 회장과 투자 그룹 몇 군데가 100% 지분을 가지고 있어서 오히려 다른 곳보다 깔끔한 편입니다. 소액 주주가 없으니까요."

"그런가요? 좋습니다. 단도직입적으로 묻죠. 그들이 원하는 금액은 얼마입니까?"

"소혜련 실장과 대화를 해 본 결과 2천만 파운드 이상은 써야 협상이 가능할 것 같네요."

현수는 미간을 찌푸리며 나지막한 어조로 중얼거렸다.

"…2천만이라."

"최하입니다. 느낌상으로는 그 이상을 원하는 듯 보였습니다. 비록 첼시의 오너인 켄 베이츠의 주변에 잡음이 많지만 그다지 절실히 매각을 원하는 건 아니라 생각됩니다."

"뭐 어쩔 수 없겠죠. 좋습니다."

현수는 고개를 끄덕였다. 그는 웬만하면 첼시는 인수를 하고 싶었다. 가격도 저렴했다. 시대 상황도 무시를 못하겠지만 아무튼 프리미어리그 중하위권 팀이라 그런지 - 그들은 비싼 가격에 매각하는 거라 생각하겠지만 그에게는 전혀 그렇지 않았다.

파운드화의 환율을 보면 안다. 회귀 전에는 파운드화의 환율이 1,700-1,800원이 넘어갔었다. 허나 지금은 고작 1,200원대였다. 2,500만 파운드를 한국 돈으로 계산하면 300억이다. 여기에 적절하게 대출을 낀다면 여유롭게 매수가 가능했다.

"그 쪽에 전화로 2,000만 파운드에 지분 100% 인수를 타진해 보시고, 그것으로도 힘들면 1-2 주 정도 뜸을 들였다가 다시 2,300만을 부르세요."

"…그래도 안 되면?"

"내부적으로는 2,500 만 파운드까지를 마지노선으로 잡읍시다. 2,300만이 힘들면 마지막으로 2,500만을 제시한 후 그도 안 되면 철수하는 것으로 하죠."

"그런데 굳이 그렇게까지 무리를 하면서 인수를 할 필요가 있을까요?"

현수는 미묘한 미소를 드러냈다.

"첼시라는 구단은 구단 자체로 가치가 있습니다. 아마 10년 뒤, 20년 뒤에는 지금 금액의 10배를 불러도 못 살 겁니다. 그리고 현지 런던 쪽에 은행 중에 첼시를 인수할 때 리보 금리와 그 외 옵션을 가장 좋게 제시하는 은행으로부터 대출을 얻을 생각도 하세요."

"대출이라. 현금 때문입니까?"

"그런 것도 있지만 운영 자금까지 계산해 보면 빡빡하기 때문입니다."

그는 10년을 내다보고 있었다. 예전 로만 아브라모비치처럼 무식한 자금질을 할 능력은 없지만, 그에게는 미래의 지식이 있었다.

첼시의 스카우터에게 지시를 내려서 전 세계 유망주 리스트를 쭉 훑으면서 미래에 월드 클래스급의 선수에 오를 것이 확실한 선수의 이름을 미리 알아 낼 예정이었다.

그것만으로도 절반의 성공은 이룩한 것이나 다름없었다. 나중에는 한국의 축구 유망주도 뽑아서 첼시로 보낼 것이다. 그것이 한국인으로서의 최소의 도리이자 의무였다.

그는 살포시 눈을 감았다.

스탠포드브릿지에 서서 경기를 관람한다.

첼시는 그에게 꿈의 구장이었다.

그 안에는 푸른 물결, 푸른 관중, 푸른 함성이 거대하게 들려 올 것이다.

열정, 환호, 땀, 꿈은 하나의 결정체로 모여 거대한 감격을 선물한다. 공 하나에 승패가 정해지는 세계다. 그 어떤 거짓도, 그 어떤 계산도 없는 순수한 스포츠다.

저절로 손이 끈적거렸다. 아드레날린이 전신에 붐비되어 흥분시킨다. 생각만 해도 가슴이 두근거렸다.

첼시를 인수하게 되면 가장 먼저 할 일은 자기 사람을 뽑아 보내야 할 것이다.

아마 가장 적절한 실무자는 영어가 자유롭고, MBA를 전공한 소혜련 실장이 딱 마음에 들었다. 구단 운영은 해본적은 없지만 가장 중요한 파트가 바로 선수를 이적시키고 영입하는 것이다.

그것이 구단의 가치를 UP-DOWN 시키는 데 가장 중요한 역할을 할 것이다.

가장 중요한 파트에 자신의 심복인 소혜련 실장을 넣을 예정이다.

머리 속에 한 명의 이름이 떠올랐다.

조세 무리뉴 Jose Mourinho, 축구의 역사상 열손가락 안에 든다는 회귀 전 첼시의 감독이다.

상상만 해도 두근거렸다. 뛰어난 전술과 전략으로 맡은 팀은 모두 최상의 성적을 낸 감독이다. 그의 커리어는 가히 세계 전체를 통틀어도 넘버원이라는 스페셜 원이 붙을 수밖에 없을 정도로 대단했었다.

2004년에 축구 변방 클럽인 FC 포르투로 트레블을 달성했고, 그 후 2010년 인터밀란으로 다시 트레블을 하게 된다. 그 외에도 명문 레알 마드리드, 첼시 FC를 이끌고 무적함대를 만든 장본이기도 했다.

아마 그는 이제 갓 30대 초반일 것이다.

지금쯤 한창 FC 포르투의 수석 코치로 있을 시기다. 그가 어찌 그리 자세하게 아냐고? 그는 회귀 전 첼시 팬이었으니까.

당연했다. 그 후, 바르셀로나로 넘어가서 반할 밑에서 역시 코치로 있으리라.

과연 지금 영입할 수 있을까?

만약 첼시를 인수하면 조세 무리뉴가 딱 적임은 분명했다. 허나, 문제는 나이와 커리어다. 이제 갓 사회에 발을 들여 놓은 무리뉴를 EPL 의 감독으로 승격시킨다면 주위의 반발이 심할 것은 불을 보듯 뻔했다. 세상 일이라는 게 그리 쉽지만은 않다.

목이 지끈거리는 지 뒷골이 뻑뻑했다. 피가 쏠린 것이다.

책상에서 불쑥 일어나서 왔다 갔다 하면서 피로를 풀었다.

'일이 너무 많아.'

지난 번 명동 사건도 아직 결정을 하지 못했다. 현수 정도의 위치가 되면 어떤 결정도 쉽게 내리지 못한다.

그만큼 대외적인 파급력이 커지고 있는 시기였기 때문이다. 이런 저런 생각을 하다가 책상 위로 시선을 향했다. 그 중 런던 출장을 다녀온 후, 소혜련 실장이 올린 보고서 몇 개 중 가장 마지막에 놓인 서류를 무심결에 펼쳐 보았다.

제목은 '전 세계 유망주 스카우팅 리포터' 라고 쓰여 있었다.

뭐지?

호기심에 시선이 쏠렸다.

제작한 곳은 이번에 첼시 인수 건으로 Partner ship을 맺은 영국의 British .Development Asistance Sports management Corp의 자체 자료였다.

· 우스카르 에인세 (아르헨티나)

소속팀 : FC 낭트 소속 (프랑스 리그앙)

나이 및 체격 : 18 / 192cm / 84kg

포지션 : M.F

특징 : 홀딩 미드필드로서 건장한 체격에 헤딩이 능하고 박투박 및 패스웍이 뛰어남. 중거리 슈팅력도 상급, 허나 다혈질이라 간혹 큰 실수가 많고….

· 요스프 로브렌 (크로아티아)

소속팀 : AZ 알크마르 소속 (네덜란드 에레디비지에)

나이 및 체격 : 20 / 176cm / 72kg

포지션 : F.W

특징 : 연계가 좋고, 2 선 침투를 자주 시도하는 편. 몸
싸움에 약하지만 퍼스트 터치가 정교하며 드리블이 중상
위권 수준으로서….

보고서는 전 세계에서 활동하는 중소 클럽 유망주에 대
한 스카우팅 리포트 형식을 취하고 있었다. 허나, 아주 간
단한 특징만 적어 놓았기에 그다지 실무에서는 도움이 되
지 않는 정보라 할 수 있다. 아마도 고객 서비스 차원에서
준 것으로 판단된다.

세계에 어느 정도 축구 수준이 되는 나라는 수 십 개에
달한다. 그리고 그 밑으로 수십 개의 프로 클럽이 있으니
단편적으로만 봐도 이 List 에 올려 진 선수의 미래는 전
망이 밝은 것은 틀림없다.

그럼에도 현수는 슬슬 짜증이 나기 시작했다.

원래 그가 알고 싶었던 것은 과거에 세계적으로 뛰어난
활동을 했던 선수가 이 보고서에 있는 지 확인하고 싶어서
였다.

아무리 그가 축구에 관심이 많았다 해도 20년 전에, 그것도 향후 10년 이내에 월드 클래스로 진입이 확실시 되는 선수를 어찌 알겠는가?

이는 마치 주관식으로 정확히 답을 서술하라고 하면 적어내지 못하지만, 객관식으로 문제를 나열 후에 그 중 정답을 찍으라면 가능한 것과 똑같았다.

그에게 지금 필요한 것은 정보였다. 그렇게 2백 명이 넘는 리스트를 뒤적이다가 동공이 한껏 확장되는 페이지가 있었다.

"이거다!" 그는 페이지를 넘기던 손을 멈추었다.

Name : Ronaldo Luiz Nazario De Lima

Nation : Brazil

Club : Cruzeiro E.C (Brazil foot ball club)

Age : 18

······ 중략 ······

'호나우도라니!'

그는 혹시 자신이 잘못 본 것이 아닌가 싶어서 다시 한 글자 한 글자 영문을 확인했다. 하지만 이름은 호나우도가 확실히 맞았다.

아르헨티나에 마라도나와 메시가 있다면 브라질에는 호나우도와 호나우딩요가 존재한다.

순간 폭발적인 스피드와 놀라운 드리블, 강력한 슈팅까지 놀라운 재능으로 호나우도는 세계를 센세이션에 빠지게 만든다. 그만큼 명실공히 근대 세계 축구의 역사를 화려하게 장식한 불세출의 선수라는 뜻과도 동일했다.

100조를 향해서

NEO MODERN FANTASY & ADVENTURE

Part 10-1. 미래의 히트 상품을 선점하다 ??

호나우도의 프로필을 잠시 훑어보니 이제 막 브라질 국가 대표에 후보로 뽑혔고, 작년이 되서야 처음으로 프로팀에 진출한 듯 보여진다.

그 후, 그는 PSV 아인트호벤을 거쳐서 바르샤와 인테르, 레알 마드리드로 가게 된다. 어느 하나 명문이 아닌 팀이 없었다. 이제 갓 프로에 데뷔한 호나우도라니! 그야말로 지금이 절호의 기회가 아닌가?

몇 년만 더 늦게 첼시를 인수했다면 아마 호나우도는 자신의 진가를 그 전에 드러내면서 눈부신 백조로 탈바꿈했을 것은 뻔했다.

이런 생각에 몇 번을 확인하고 기분이 좋아서 혼자서 웃었으나, 문득 생각하니 좀 허탈한 마음이 들었다.

할 일이 너무 많았던 것이다.

미국도 조만간에 가야 했다. 기실 지금에서야 하는 이야기지만, 얼마 전 길을 지나가다가 우연히 T.G.I Friday가 압구정동에 생기는 것을 눈을 그대로 뜬 채 본 적이 있었다.

TGI Friday는 대한민국 외식 산업에 있어서 최초로 '서양식 브랜드'를 수입해서 유행을 이끈 선구자라 할 수 있다. 그 후, 이런 종류의 외식업 사업에 대기업들이 우후죽순처럼 밀려들면서 Red Ocean 으로 변화되지만 그건 저 멀리 2천년 이후의 일이다.

그는 시기적으로 지금이 딱 좋다고 생각했다. 미국의 유명한 먹거리 브랜드는 이제 막 조금씩 진입하는 상황이었다.

TGI Friday 에 맞서려면 가장 먼저 기억에 남는 브랜드는 '아웃백 스테이크' 였다. 호주풍의 정통 서양식 레스토랑인데 회귀 전에 딱 한번 먹어 봤지만 아직도 그 맛을 잊지 못할 정도였으니 오죽하겠는가.

럭셔리하면서도 자유로운 호주의 인테리어 컨셉과 주문한 음식이 오기 전에 서빙해 온 두꺼운 호밀빵에 하얀 버터크림을 찍어 먹는 맛이 일품이다.

VIPS 나 베니건스는 아마 해외 브랜드가 아닌 것으로 알고 있는 데 정확히는 모르겠다.

아무튼 그는 조만간에 미국으로 넘어가서 아웃백 스테이크 브랜드를 가져오면서 던킨 도넛, 서브웨이, 베스킨 라빈스의 한국 내 총판을 얻을 수 있는 지 문의도 할 생각이다. 괜히 시기를 놓쳐서 다른 놈 좋은 일 시킬 수는 없었던 탓이다.

유혜정은 성균관대 영문학과를 졸업하고 대학원에서는 국제 경영학을 이수한 적 있는 여자였다. 늘 싹싹하고 친절했으며 보조개가 매혹적이다.

원래는 AMC 유통에 입사해서 가맹점주 교육을 담당하는 C.S 관리팀에 배정받았으나 위에서 잘 본 탓인지 이번에 AMC 그룹의 오너인 회장의 비서로 승진했다.

AMC는 사실 규모면에서 그룹이라 부르기에는 다소 부족했지만 그건 겉보기만 그런 것이고 눈치가 빠른 이들은 이 그룹이 얼마나 내실 있는 그룹인지 며칠만 생활해도 알게 될 것이다.

대한민국 연예계에서 가장 영향력이 있는 회사인 AMC 엔터테인먼트 외에도 최근에는 AMC Game에서 선보인 애완동물을 가상으로 키우는 '펫 박스 Pet Box'는 현재 한국에서 없어서 못 파는 히트 상품이 되어 있었다.

펫 박스의 인기 요인은 창의성에 있었다.

알에서 부화된 동물은 무척 귀엽다.

그리고 지구상에 존재하지 않는 동물이다. 눈은 동그랗고, 손과 발은 앙증맞다.

그 귀염둥이가 당신의 아이를 향해 웃고, 울고, 떠들고, 보챈다고 생각해 보자.

어린 아이의 눈에 이 귀염둥이는 자식이다.

아이는 처음으로 부모의 입장이 되어 볼 수도 있다. 돌보고 가르치고 아낀다.

유치원에, 초등학교에 하나 둘씩 Pet Box 를 가지고 노는 아이들이 늘기 시작했다. 친구가 Pet Box 로 애완동물을 키우는 모습에 질투하면서 너도 나도 그것을 사기 위해 문방구로 달려갔다.

유행은 한번 타면 모닥불에 옮겨지는 거대한 불꽃처럼 점점 더 증폭될 뿐이다.

Pet Box는 말 그대로 대박이 났다. 아니, 그냥 대박이 아니라 소위 말하는 초대박이다.

전국은 펫박스 열풍에 휩싸이고 있었다.

아이는 부모를 조르고 졸라서 부모의 지갑을 기어코 열게 한다. 공급이 수요를 따르지 못하는 사상 초유의 현상은 더 큰 호기심으로 이어졌다.

아니, 대체 얼마나 재미있는 게임기야?

무슨 게임기가 구하지를 못해?

우리 아이가 저거 사달라고 하는 데 어떻게 하지? 우리 아이만 Pet Box를 가지지 못하면 혹시 소외되는 거 아닌가?

이런 광풍 속에서 전국의 매장을 돌면서 Pet Box를 매점 매석을 하며 웃돈을 주고 파는 직업까지 등장했다는 웃지 못할 사건까지 9 시 뉴스에 등장한다.

그러면서 해외쪽 바이어들이 움직이기 시작했다.

돈 되는 일에는 귀신 같이 냄새를 잘 맡는 업자들이 하나 둘씩 AMC Game을 방문한다.

그 외에도 다른 몇 몇 신제품도 그녀가 아는 타 부서 연구원의 이야기로는 지금까지 나온 적이 없는 획기적인 제품이라면서 한껏 기대감으로 들떠 있었다.

최근 출간하기 시작한 WHY 책 또한 교보문고 베스트셀러 상위권에 랭크되면서 입소문이 도는 중이다.

어디 그 뿐인가?

AMC 의 봉급 수준과 복리 후생은 대기업 뺨칠 정도로 대우가 높았다. 그리고 특이한 점은 그룹 자체가 은행권의 대출을 거의 사용하지 않는다는 점이었다.

그 어떤 기업이든 사업을 확장하면서 운전 자금을 자체로 조달하는 것은 결코 쉽지 않다.

이것은 웬만큼 순이익이 높지 않으면 거의 불가능하다는 것이 정설이다. 당연히 사업을 해 본 이들은 대부분 느끼는 애로 사항이다.

허나 AMC 그룹의 현금 유동성은 늘 넉넉했다.

AMC 패션과 같이 중국 공장과 연계된 자회사를 제외하면 모든 자회사가 단기간 내에 높은 순이익을 내는 중이다.

이익률도 몇 % 단위가 아니다.

매출의 상당수가 수익금으로 연결된다. 쉽게 말해서 선순환 구조를 가졌다는 뜻이다.

며칠 전, AMC 노래방 체인 사업팀은 직영점을 포함해서 드디어 전국에 100 호점을 돌파시켰다.

기존의 다른 노래방 브랜드는 여전히 LDP 시스템을 고집했지만, AMC 유통만이 국내 브랜드 중 유일하게 디지털 미디어 반주 시스템을 채택하였다.

이 소식에 가맹점주들의 관심이 끊이지 않으면서 AMC 유통의 영업 사원들은 연일 비명을 질러야 했다. 그만큼 LDP 시스템과 디지털 미디어 시스템 사이에는 편의성에서 많은 차이가 존재했다.

그런 탓에 다른 브랜드는 뒤늦게 디지털 미디어 반주 시스템을 공급 받기 위해 공급처를 이 잡듯이 뒤지고 개발을 위해 노력했지만, 그게 어찌 쉽게 될까. 단기간 내에 선발 주자인 AMC 유통을 따라 잡기는 아직 어려운 형편이었다.

비즈니스 세계는 냉혹한 동물의 세계를 그린 축소판이다. 새롭게 시장을 개척하는 리더와 최신 유행을 쫓는 Fast Follower는 상당한 Gap이 존재했다.

그리고 현재 시장의 개척자는 과거의 애플처럼 AMC 그룹이었다.

"…혜정씨."

"네."

"원두커피는 항상 일정한 온도를 유지해야 해. 회장님은 브라질산 원두의 향취를 좋아한다는 점 명심하고."

"아, 네."

문하경 과장은 이번에 새롭게 개편된 비서실을 안내하면서 이것저것 설명에 정신이 없었다.

그녀는 외부에서 전화가 왔을 때 응대 요령, 방문객에 대한 확인 절차, 다과 및 음료 서비스, 스케줄 관리 및 개인 계좌 출입금, 각종 공과금 대행 등 체크해야 할 부분이 한 둘이 아니었다.

"항상 비서실은 회장님이 오시기 전 9 시보다 적어도 30분은 먼저 일찍 출근해야 해."

"네."

"회장님실 청소는 청소 아줌마가 있지만 그래도 먼지가 쌓였는지, 서류 정리와 같은 잡일은 우리의 몫이라는 점도 잊지 말고….”

“그럼요. 명심할게요.”

“그리고 용모는 단정하게 하는 건 기본이야. 근데 유혜정씨?”

유혜정은 마지막 말끝의 ‘혜정씨’라는 명칭이 두 번째 나오자 입술을 살짝 물고는 속에 있는 말을 했다.

아무리 첫날이라 해도 아닌 건 아니라 생각한 것이다.

“저, 죄송하지만 저는 대리입니다. 앞으로 저를 부르실 때 유 대리로 불러주셨으면 좋겠네요.”

문하경 과장의 눈빛이 묘하게 변한 것은 그 시점이었다.

“아하? 유 대리?”

“……”

“그게 뭐 그리 중요한가? 그보다 유 대리?”

“네. 말씀하시죠.”

“오늘 첫날인데 어째서 메모를 안 하지? 지금까지 내가 설명한 그 많은 내용 전부 암기할 수 있다고 자신하시나요?”

“그, 그게.”

“참, 요즘 직원들 대단하군요. 사수가 직접 설명을 해주는 데 대놓고 덤비고. 이거야 힘들어서 원.”

유혜정은 파르르 떨면서 결국 고개를 숙여야 했다.

"저, 저. 제가 잘못했습니다."

"말로만?"

"아닙니다. 시정하겠습니다."

"좋아요. 오늘은 첫날이니 봐주죠. 아무튼 여기는 AMC 그룹의 얼굴인 회장실이라는 점 명심하세요. 우리가 회장님을 잘 보필해야 결과론적으로 우리의 체면도 서는 겁니다."

"네."

아직 회장은 만나 본 적도 없었다. 문하경 과장이 대놓고 그녀를 깐 이후에 그녀는 화장실에 가야 한다며 비서실을 나갔다.

타이트한 스커트 안에 숨겨진 씰룩거리는 엉덩이가 그 순간만큼은 역하게 느껴질 따름이다.

이미 비서실로 발령이 나기 전에 조사를 했었다.

문하경은 그녀보다 2살인가 어린 것으로 알고 있다. 그녀는 AMC의 첫 창립 멤버로서 원래는 경리로 뽑혀진 고졸 출신에 불과했다.

허나 그룹이 급격하게 팽창하면서 – 단순히 운 좋게도 AMC에 회장과 함께 땀을 흘렸다는 이유만으로 이 십여 명의 창립 멤버는 각자가 자회사의 사장이나 최하 문하경처럼 과장으로 고속 승진을 했다.

그러니 어찌 시기심과 질투가 나지 않겠는가?

그녀는 수십 대 일이 넘는 경쟁을 뚫고 입사한 재원이다.

허나 조직이 의례 그렇듯이 까라면 까는 게 조직이다. 비록 정현수는 자신이 그럴 의사가 없다 해도 밑의 직원들은 전혀 그러하지 않는다.

회장의 위치가 바로 중역인 자신들의 수준을 드러낸다고 생각한 탓이다.

그러니 비서실을 찾는 각 사의 사장부터 임원까지 늘 허점을 찾아내기 위해 눈에 불을 켜고 다녔다.

우습지만 그들은 그것이 충성이라 생각하는 모양이다.

유 대리는 결코 모난 인물이 아니다. 비서실에는 문하경 과장과 그녀 둘 뿐이다.

앞으로 피곤하지 않으려면 원만한 인간관계는 필수라 할 수 있다. 유 대리는 문 과장이 들어오는 것을 확인하자 배시시 웃으면서 말을 건넸다.

"…커피 한잔 하시겠어요?"

"괜찮아."

"그럼, 저 먼저 마실게요."

"그래. 그나저나 오늘은 회장님 출근 안 하시려나? 이상하네. 어제도 안 나오시더니."

"자주 안 나오시나 봐요? 하긴, 돈은 많겠다. 회사는 잘

나가지, …귀찮게 매일 나올 필요도 없겠네요."

"후후. 그렇지는 않아. 거의 매일 나오셔."

"그래요? 아이고, 힘들겠다."

문하경 과장은 아까와는 달리 부드럽게 미소를 지었다.

"그래도 다른 금수저 물고 태어난 애들보다는 나을 거야."

"왜요?"

"있는 티 잘 안 내지. 그다지 요구하는 것도 까다롭지 않
거든."

"저도 말은 많이 들었어요. …냉정하면서도 유능하시다
고."

"그런 편이지. 화 낼 때는 굉장히 무서운데 그 외에는 아
랫사람에게도 잘 챙겨주는 편이야."

유 대리는 눈을 동그랗게 뜨고 물었다.

"근데 자가용이 없나 봐요?"

"없긴! 있잖아? 이번에 메르세데스 벤츠 S-Class로 2
대나 회사 명의로 구입한 거 몰라?"

"아?"

"1대는 회장님 부모님이 타시고, 다른 1대는 최상철 부
회장이나 그 밑의 임원 전용이야."

"그럼, 회장님은?"

"택시! 원래 회사용 벤츠는 회장님 전용으로 쓰려고 구
입한 건데 거의 안 쓰셔. 나중에 운전면허 따면 고려해본

다고 하시지."

"아, 그렇군요."

그러던 그 때다. 사무실에 전화벨이 울렸고 문하경 과장이 부드러운 톤으로 수화기를 들어 받았다.

"네. AMC 비서실입니다. 네엣? Hello…?"

"……"

"아, Wait a Monment! 유 대리! 외국에서 온 전화야. 아무래도 난 영어가 쥐약이라서… 받아 볼래?"

문과장은 약간 부끄러운 얼굴로 즉시 유 대리에게 넘겨 주었다. 그러자 유혜정 대리는 유창한 영어 실력으로 대화를 시작했다.

"What? From Russia Saint Petersburg?"

"뭐라는 거야?"

"What's your name? Oh! Vladimir Putin?"

그 때다.

회장실로 들어오는 누군가가 있었다.

정현수 회장이다. 그는 다소 침울한 기색이었는데 공교롭게도 '푸틴' 이라는 단어에 묘한 표정으로 고개를 돌려 쳐다보았다.

유 대리는 영어로 뭐라고 하더니 바로 회장에게 전화기를 넘겼다.

"러시아 샹트 페테르부르크의 푸틴 위원장의 비서입

니다."

"뭐라는데?"

"영어로 말하는데 회장님과 통화를 했으면 한다고 합니다."

"그래? 바꿔 봐."

현수는 비서실을 지나 회장실의 집무실에 앉더니 상대방의 이야기를 들었다.

"…저희 푸틴 위원장께서 귀하께서 매달 지원해 주시는 격려금과 샹트 페테르부르크 산하 교향 악단에 대한 후원에 감사의 말씀을 올리고 싶답니다."

"아, 별 말씀을요. 그보다 푸틴 위원장의 건강은 괜찮으신지요?"

"네. 정정하십니다."

"그런데 용건이?"

"위원장께서는 AMC 그룹의 회장님께서 다시 한번 더 샹트 페테르 市를 방문해주기를 희망하고 있습니다."

"괜히 그쪽으로 다시 초청할 일은 없을 텐데요? 우리 속 시원히 단도직입적으로 이야기 해봅시다. 후원금이 더 필요하시다는 건가요?"

"아닙니다. 후원금은 그 정도로 충분합니다. 그보다는 지난번에 위원장께 말씀하신 미국 대통령, 중국 주석, 한국 대통령 선거의 결과에 꽤 놀라워 하셨습니다."

"하하, 그건 그냥 제가 남들보다 조금 더 미래를 내다보는 능력이 있다 뿐이지. 모든 미래를 아는 것은 아닙니다."

현수는 그제서야 이해가 되었다. 서툰 영어로 더듬거리면서 대화를 하는 중이지만 확실히 지난 3년간 꾸준하게 영어만 파고든 것은 주효했다. 회귀 전 중급의 영어 실력에 회귀 후에 배움을 더하니 이제는 웬만한 대화도 크게 막히지 않고 가능했던 것이다.

푸틴은 아마도 그의 정치 인생에서 예언이 들이 맞자, 현수의 능력치를 보다 더 높게 평가하고 수정한 것이 분명했다.

아무리 그의 후원금이 많다 하여도 인간적인 친분이 아닌 금전으로 얽힌 관계는 훗날 푸틴이 러시아의 대권을 잡은 후에 어떻게 변할지 장담을 못한다.

그러나 그의 예언이 한 치의 오차도 없이 들어맞자 향후 푸틴의 미래에 현수가 필요한 시점이 있을 것으로 보고 미리 호의를 사두려는 수작인 듯 짐작된다.

이런 때일수록 정면 돌파가 더 중요했다. 현수는 낭랑한 어조로 말했다.

"지금은 개인적으로 바빠서 좀 힘들고… 다음 달 정도에 미국 출장을 겸해서 러시아로 찾아뵙도록 하죠. 그리고 푸틴 위원장께 정확히 전달해 주세요."

"네, 말씀하세요."

"제가 이렇게 푸틴 위원장께 하는 이유는 1990년 말이 되면 푸틴 위원장이 러시아의 대통령이 되는 것을 미리 알고 있기 때문입니다."

100조를 향해서

NEO MODERN FANTASY & ADVENTURE

Part 10-2. 미래의 히트 상품을 선점하다 ??

푸틴의 여비서는 미심쩍은 말투로 꽤 놀라했다.

"어찌! 그런?"

"그러니 그 후에 지금의 도움에 대한 대가를 요청할 예정이니 너무 부담 갖지 마시라고 전해 주세요. 하하."

"알겠습니다. 사실 위원장께서는 아무 연고도 없는 회장님께서 이토록 과하게 후원을 해주셔서 좀 걱정이 있으신 것은 사실입니다. 그보다는 지금처럼 서로 이익과 파이를 나누는 관계로 설정을 해주시면 더 편할 것 같네요."

"내 생각도 그렇소."

현수는 전화를 끊으면서 입술을 힘없이 터트리며 싱겁게 웃었다.

상당한 공을 들인 시진핑은 연락이 없고 푸틴이라니.

세상 참.

그런 것 보면 세상을 뜻대로 손에 쥐고 움직이려는 것 자체가 망상인지도 모르리라. 푸틴이 정권을 잡는 날이 아마 I.M.F가 끝나고 1~2년 후로 기억했다.

그 때가 오면 올리가르히 Oligarchi 라 부르는 러시아의 부패한 과두 재벌은 푸틴의 손에 의해서 무참하게 숙청을 당하게 된다.

그들 중 푸틴이 정권을 잡도록 보조해준 세력들도 있었지만, 철저한 마르크스 신념으로 무장한 푸틴은 가차 없이 잔인한 칼을 빼들어 도살하고 짓밟았다.

재산만 30조가 넘는 재벌을 그 앞에서 '바퀴벌레' 라고 하면서 모욕을 줄 정도로 그는 철혈의 강골이다.

그러니 현수의 예측처럼 푸틴이 훗날 움직여줄 지는 미지수다.

허나 지금 굳이 안 해도 될 전화가 온 것으로 봐선 정현수라는 동양의 아이가 예사롭지 않다고 생각한 것은 분명하다고 추정된다.

그는 회심의 미소를 지었다. 그래…. 적어도 그 정도면 된다.

푸틴은 그가 가진 여러 가지 패 중에 그저 하나일 뿐이니까.

누가 알겠는가!

나중에 러시아의 가스 회사나 석유 회사 중 하나를 먹을
수 있을지.

"좋은 소식이 있다구요?"

"네. 놀라지 마십쇼."

"뭐, 놀랄 것까지야."

"그게 월마트로부터 주문이 들어왔습니다."

"월마트요? 미국의 그 월마트인가요?"

"맞습니다. 월마트에서 Pet Box에 흥미가 있다고 첫 오
더로 1백 만개를 넣었습니다."

"흠. 그거 놀라운 일이군요."

Wall Mart라는 소리에 정현수 회장도 호기심 어린 눈
빛이 가득했다. 월마트는 명실 공히 세계 최대의 할인매장
을 보유한 1위의 유통 기업이다.

월마트가 물품을 납품받을 때 그들의 막강한 Buying
Power를 바탕으로 전 세계에 산재한 수많은 회사 중에서
가장 저렴한 가격을 제공할 수 있는 기업을 찾아내 거래를
하는 것으로도 유명했다. 그만큼 데이터 베이스가 광범위
하게 쌓여 있다는 의미일 것이다.

아직 미국 쪽에 제대로 된 프로모션도 없이 이제 일본에
서 호응이 좋아 수출을 하는 상황인데 벌써 입질이 오다니?

이 뜻은 그만큼 Pet Box의 메리트가 대단하다는 반증이었다. 월마트가 직접 거래선에 연락을 하는 경우는 손에 꼽을 정도라는 것은 두말할 나위 없다.

현수는 손가락으로 테이블을 퉁기면서 반문했다.

"단가는 얼마에 맞춰 달라고 하나요?"

"C.I.F로 10.5불에 달라고 합니다."

"현재 환율 8백원으로 계산하면 8,400원이네요. 그걸 지금 한국의 소비자 가격인 14,990원에 판매를 한다는 건가요?"

"아마도. 그런 것 같습니다."

"미친 놈들! 납품 업체가 봉인가요? 이러면 월마트에서 가져가는 마진율이 대체 얼마야?"

최 사장은 동의를 표시하면서 조곤조곤 이야기했다.

"회장님이 몰라서 그러는 데 사실 대형 할인점이나 이런 쇼핑몰 횡포는 이 정도는 애교 수준입니다."

"우리는 그런 거 없습니다. 월마트쪽에 12불로 견적 다시 제시하고 물량에 따른 가격 조정은 없다고 단단히 못 박으세요."

"그러면 거래가 깨질 공산이 큽니다."

"추가로 이번에 신제품으로 회사에서 나온 진공 스팀 청소기 KB-102A 제품 Min 3만 대, 에어 프라이어 Air Flyer A-Max 2000 시리즈 Min 10만 개를 패키지로 묶어서 받는 조건이면 수락한다고 하세요."

"……."

"또한 거절하면 향후 AMC 그룹에서 출시되는 모든 신제품은 당신들의 경쟁업체인 K-Mart 혹은 시어즈 Sears로 갈 테니 그 때가서 후회하지 말라고 월마트 구매팀의 총괄 디렉터를 수신인으로 정식 공문 보내세요."

"하지만? 이러면 거래가 거의 어려워질 수 있습니다."

"과연 그럴까요?'

"아무리 저희 제품이 좋아도 미국 시장은 세계에서 가장 큰 시장이자 전 세계 유행을 선도하는 곳입니다. 월마트와 같이 메이저 기업에서는 자존심 때문이라도 받아들일 일이 없습니다."

"그러든가요? 상관없습니다. 우리 제품이 어디서나 쉽게 만들 수 있는 물건이면 그들에게 끌려 다닐지 몰라도 향후 저희 AMC에서 나올 제품은 상당수가 세계 최초라는 타이틀을 달고 나올 겁니다."

"……."

"…월마트에서 만약 거절하면 그들의 경쟁업체를 노크하세요. 그도 안 되면 아예 미국에 독점으로 총판을 설립하는 방식도 고려해 보시면 됩니다."

"미국 총판 설립은 자금이 많이 듭니다."

"최후의 방법은 그럴 수도 있다는 겁니다. 그런다는 게 아니라! 이해하시나요?"

"알겠습니다. 그럼."

"잠깐! 그리고 최 사장님? 회계 팀에 지시는 하겠지만 제 명의로 된 주식 중 5%와 저희 부모님 명의로 된 주식 중 5%, 합해서 10% 주식을 스톡옵션으로 AMC 그룹의 과장 이상을 대상으로 나눠줄 예정입니다. 그러니 그에 대해서 회계팀 부르고, 각 자회사 사장과 상의해서 처리하세요."

최 사장이 깜짝 놀라서 물었다.

"스톡 옵션이라니요?"

"네. 스톡 옵션 맞습니다. 최대한 좋은 조건으로 해주세요."

"굳이 그럴 필요까지 있겠습니까?"

"회사가 잘 되면 직원들에게도 충분히 대가가 돌아가야 한다는 게 제 생각입니다. 그리고 각 팀별로 앞으로 인센티브 제도도 운영할 생각이니 부탁합니다."

"그럼, 기획실에 의견을 전달해서 그에 대한 세부 보고서를 기안해서 제출하겠습니다."

"그러세요. 몸이 피곤해 보이는 데 휴가라도 다녀오시는 게 어떻습니까?"

"아직 처리할 일이 많아서… 휴가는 다음에 다녀오죠."

정현수 회장은 최상철 사장이 나가는 모습을 보더니 무언가를 잠시 생각하는 눈치였다.

돈을 향해서 3

그러다 결국 인터폰을 눌러 비서를 호출했다.

"부르셨습니까? 회장님?"

"AMC 엔터의 강 사장 연결하세요."

"네."

조금 후에 다이얼이 몇 번 울리더니 즉시 연결이 되었다.

"정현수입니다."

"아, 안녕하십니까? 어쩐 일로?"

"오메가 엔터라는 곳이 어디인지 알고 있습니까?"

"그, 그게 오메가 엔터는…."

"그냥 아시는 대로 가감 없이 설명하면 됩니다.

"……."

다소 뜬금없는 회장의 질문에 의아해 하면서도 강 사장은 차분한 어조로 설명을 시작했다. 오메가 엔터의 현재 상황 및 위치, 보유한 연예인, 그리고 그 배후까지.

현수는 과연 자신이 행동이 옳은 지 사실 며칠 동안 여러 고민을 했었다. 혹시 너무 감정적으로 대응을 하는 것은 아닌 지, 그 때문에 그냥 넘어갈까도 생각은 했었다.

허나, 강 사장의 이야기를 처음부터 끝까지 듣자 마른침을 삼키며 결론을 내리게 되었다.

그리고 뭐라고 지시를 하자 강 사장은 꽤 놀라는 기색으로 몇 초간 침묵을 지켜야 했다.

하지만 회장의 의도가 단호하다는 것을 깨닫게 되자 곧 수긍할 수밖에 없었다. 그 후에 다시 회장이 몇 마디 질문했고 강 사장은 자신이 아는 한도 내에서 성심껏 대답해야 했다.

어느새 회장 앞에서 말 잘 듣는 아이와 같이 구는 모습에 약간의 자괴감을 느꼈지만, 뭐 어찌하겠는가. 세상이 원래 그런 것을.

오메가 엔터의 일은 백번 양보해서 그렇다 쳐도, 마지막에 회장이 부탁하면서 언급한 이름은 절대 잊어서는 안 된다고 직감적으로 판단했다.

보통 때의 평이한 어조가 아니라 약간 감정적으로 음성이 떨리는 것을 느낀 것이다. 아마 조금 전 오메가 엔터에 대한 언급한 지시와 밀접한 관련이 되어 있음은 틀림이 없어 보였다.

그의 추측이 정확하다면, 소홀히 해서는 안 되었다. 이것은 오랜 월급쟁이 생활 속에서 깨달았던 눈칫밥이었다.

그는 혹시 까먹을까 싶어서 하던 업무도 멈추고, 메모지에 방금 회장이 언급한 내용을 간략하게 적기 시작했다.

1) 배우 매니지먼트를 하는 적절한 기획사를 골라서 직접 소개시켜서 꽂아 줄 것.

2) 좋은 여배우가 될 때까지 자금이든 인력이든 최대한 서포터 해 줄 것.

- 회장 특별 지시 -

"누구지? 신인 배우? 그 여자 땡 잡았군."

강 사장은 비릿한 미소를 지으면서 약간 뾰로통한 표정이다. 그런데 좋은 배우가 될 때까지는 뭐지? 사실 배우 매니지먼트 해봤자 아직 초창기였다. 전문적인 시스템도 없었고 무엇보다 AMC 엔터테인먼트보다 나은 곳 자체가 대한민국에 존재하지 않았다.

타 기획사보다 막강한 현금 보유력을 바탕으로 강대수는 MBC, KBS, SBS를 가릴 것 없이 공채 탤런트 기간이 만료된 연기자들 중에서 A 급만 접촉해서 파격적인 조건으로 데려오고 있었다. 그러니 그 어떤 기획사를 예를 들어도 AMC 엔터와 비교하면 상대가 안 된다는 의미였다.

물론 그 이면에는 같은 회사라는 불편한 관계 때문으로 그저 추정만 할 따름이다. 그러니 이 부분은 어찌 이해가 된다 해도 마지막 끝줄인 '좋은 배우가 될 때까지' 라는 문장은 다소 애매했다.

'대한민국 최고 배우가 될 때까지' 혹은 'A 급 배우로 만들 때까지' 로 써도 되지 않을까?

강대수는 난데없는 회장의 연락으로 쓸데없이 망상을 하면서 죄 없는 88담배만 태워야 했다. 빌어먹을 월급쟁이의 숙명이라 여기면서.

AMC 그룹은 무서운 폭주 기관차처럼 돌진하는 중이었다. 이미 3차에 걸친 자본 증자로 현수의 지분율은 거의 절반에 가깝게 높아진 상황이었다. 물론 그 3차의 자본 증자는 중국에서 주기적으로 들어오는 정체가 불분명한 외부 불법 자금이었다.

또한 AMC 그룹에 속해 있는 자회사는 대부분이 초기 투자비가 크지 않은 데다 거래처에 외상 미수금이 거의 없는, 이른바 Cash Flow가 매우 안정적인 비즈니스를 영위하고 있었다.

거기다 각 분야에서 거의 독보적인 경쟁력을 가진 탓에 이익률이 다른 회사와는 비교가 안 될 정도로 높았다.

이러다 보니 곳곳에서 업무가 폭주하는 것은 당연한 수순이다.

바로 엊그제 백 여명이 넘는 사원 및 경력직을 대거 채용할 정도로 회사는 마치 비탈길에서 굴러 내려 가는 눈덩이처럼 규모가 커지고 있었다. 오죽하면 상당한 정기 예금을 예치해 놓는 탓에 주택 은행과 기업 은행의 해당 지점장이 찾아와 사정을 하면서 – 아직 3년 사업 보고서도 나오지 않은 중소기업에게 거금의 신용 대출까지 해주겠다고 하겠는가?

허나 현재 AMC 그룹은 현금이 남아도는 상황이었다. 그러니 굳이 대출을 받을 이유가 없었다. 중국 의류 공장도 터무니없이 낮은 가격에 택지 분양을 받았고, 복주 시청의 허가를 얻어 냈다.

물론 그 이면에는 시진핑의 입김이 크게 작용한 것은 사실이다. 그리고 복주 시청의 협조 하에 AMC 패션의 중국 법인은 곧 터파기 공사를 시작으로 건축이 시작될 예정이었다.

그에 따라 현재 한국의 AMC 패션은 인력을 대거 채용하면서 서서히 강력하게 푸시를 시작했다. 업계에서도 감각이 뛰어난 디자이너를 뽑아서 벌써 수많은 샘플을 만들어서 각종 언론 매체에 AMC 패션 사업 브랜드인 '인피니트 Infinite'를 런칭하고 있었다.

여기서 다시 AMC 엔터의 힘이 발휘된다.

그 동안 인터뷰 따기가 쉽지 않던 이너 서클과 트윙클이 자발적으로 연예가 중계와 같은 메이저 TV 프로에 나와 인터뷰를 했던 탓이다.

현재 이너 서클과 트윙클은 대한민국 가요계의 역사를 바꾸었다고 할 정도로 그 영향력이 엄청났다. 그들은 10대의 천왕이요, 절대자에 교주였다.

그런 이들이 공개적으로 자사의 패션 브랜드인 '인피니

트'를 홍보하니 그 뉴스는 메이저 신문 및 잡지에 연달아 인용이 되면서 사업부간에 엄청난 Win-Win 효과를 낳게 된다. 또한 그러면서 현수의 지시에 따라 DDR 게임기와 스티커 자판기를 제작하기 시작했다.

"대체 이유가 뭐야?"

"………."

"이유가 뭔데 멀쩡하게 잘 하고 있는 프로그램에서 빠진 거야? 설명을 해봐! 설명을!"

"그, 그게….."

토요일 주말이었다. 하지만 오메가 엔터테인먼트의 박남식 사장은 주말과는 상관 없이 전 직원들을 소환해 놓고는 탁자를 두드리면서 거칠게 고함을 치고 있었다.

그에 더해서 습관성 줄담배 때문일까? 평소 듣기 싫은 째질 듯한 사장의 탁한 음성은 오늘따라 더 날카롭게 들릴 뿐이다.

회의실에는 죄지은 사람마냥 고개를 숙인 채 담당 부장인 이정돈이 서 있었고, 그 주위로 오메가 엔터의 핵심 간부들이 침울하게 앉아 있다. 전무인 박민용이 보충 설명을 했다.

"…SBS 초특급 꾸러기 대행진 담당 PD가 저희 소속사 가수를 뺀 이유는 따로 설명은 하지 않았습니다. 단지 자신도 상황이 이렇게 되어서 난처하다고만 말할 뿐입니다. 이로 봐서는 외부의 압력이 있었던 것으로 추정 될 뿐입니다."

"외부의 압력이라니? 누구?"

"그건 저도."

"CP는? 책임 총괄 프로듀서나 제작 국장은 만나 봤어?"

"현재 연락이 안 닿고 있습니다."

"어휴! 그러게 평소에 기름칠 빠방하게 해놓으라고 몇 번이나 말했냐? 이 덜떨어진 자식들아!"

"충분히 접대를 해 놓았습니다. 하지만 원래 그 놈들이 얼마나 뺀질한지 아시지 않습니까? 항상 빠져나갈 구멍을 대비하고…."

"시끄러! 병신 새끼들! 내가 저런 것들을 믿고 월급을 주고 있으니! 어휴!"

"죄, 죄송합니다."

"미치겠네. 아니! 가요 탑 텐 빼고 모든 프로에서 우리 소속 가수나 연기자가 하차하는 이 상황이 죄송으로 끝날 문제야? 대체 이유가 뭐야? 이유가?"

"……."

오메가 엔터테인먼트는 가요계에서 중간급 위치에 오른 기획사였다. 가수와 배우 모두 A 급은 아니지만 적당히 중급 이상의 연예인을 다수 보유하고 있었다.

그런데 얼마 전부터 소속 연기자 및 가수들이 하나 둘씩 방송국에서 하차를 하거나 애초에 맡기로 한 역할의 분량이 적어지는 사태가 연이어 벌어지기 시작한다.

한 두 번이라면 단순히 어떤 상황적인 변화로 이해했을 것이다. 원래 연예계라는 곳이 변화막측한 곳이기 때문이다. 하지만 공교롭게도 이 장난은 방송국을 비롯한 지방 행사, 심지어는 영화 캐스팅에까지 이어지는 중이었다.

그런 탓에 수장인 박남식이 급하게 회의를 소집한 것이다.

잠시라면 괜찮았다.

허나 이 사태가 장기간 지속된다면 매출은 폭락하게 될 것이고, 대출 이자는 조여 올 것이며, 그렇게 악순환으로 잘 나가던 회사가 망하는 것은 순식간이다.

그는 덜컥 겁이 났다. 한평생 땀 흘려 일군 그의 모든 것이 무너질지 모른다는 상상이 현실화 되자 제정신이 아니었다.

지금까지 침묵을 지키던 마수혁 기획 실장이 정장을 추스르면서 입을 뗐다.

"어제는 스커드가 출연하기로 했던 '부산 불꽃 대축제 페스티발'의 주최 측에서 취소 통보를 해왔습니다. 그래서 이상한 마음에 문의를 하니 다른 곳에서 강한 압력이 들어와서 그들로서도 방법이 없었다고 하더군요."

"그런데?"

"다시 물었지만 그 이상은 설명을 해주지 않아서 마침 그보다 윗선인 부산시의 정무 부시장님에게 전화를 걸어 물어 봤습니다."

"역시 마 실장 능력은 여전하군요. 부산의 부시장과도 안면이 있다니."

박사장은 이상하게도 다른 직원과는 달리 마실장에게는 존칭을 쓰면서 확실히 어렵게 대했다. 마실장은 그와는 상관없이 계속 말했다.

"아무튼 어제 통화로 물어보니 AMC 엔터테인먼트에서 주최측에 압력을 가했다는 사실을 알게 되었습니다."

"뭐? AMC 엔터?"

"네."

100조를 향해서

NEO MODERN FANTASY & ADVENTURE

Part 10-3. 미래의 히트 상품을 선점하다 ??

"사실이야?"

"사실입니다. '부산 불꽃 대축제 페스티발'에 우리 쪽 가수를 출연시키면 AMC 엔터의 소속 가수는 보이콧할 거라고 위협을 한 듯 보입니다. 이에 행사의 흥행에 따른 책임 소재로 겁을 먹은 실무진이 오메가 소속 가수를 못 나오게 한 모양입니다."

"아니! 아무 관련도 없는 그쪽이 왜?"

"글쎄요. 그 부분은 저도 잘…"

"우리를 죽이겠다? 이거야 원! 무슨 억하심정이 있다고?"

"……"

223

장내는 쥐 죽은 듯이 침묵에 휩싸였다.

상상 외의 이름이 튀어나온 까닭이다. 그만큼 AMC 엔터테인먼트가 주는 이름값은 대단했다.

AMC 엔터테인먼트는 현 연예계에서 가장 큰 영향력을 발휘하고 있는 독보적인 1인자라 할 수 있다.

최근엔 가요계로만 만족을 하지 못했는지 배우 쪽으로 탐욕을 드러내며 활발한 움직임을 보이고 있었다.

AMC 엔터는 공채 탤런트 계약으로 묶여 있는 A급 스타를 지켜보다가 계약기간이 끝나는 시점에 거액의 계약금을 제시하면서 타 기획사를 따돌리는 것으로도 유명했다.

이는 결국 탑스타인 김혜수, 김희애, 장미희, 이덕화, 손창민과 같은 유명 배우와 싸인을 하게 만드는 결정적 원인으로 작용하게 된다.

거기다 최근에는 Hot하게 뜨는 장동건, 이병헌은 물론이고, 싹수가 보이는 신인급까지 저인망식으로 그물을 헤집듯이 끌어 모으는 중이다.

물론 이런 돈질의 현실에 재야 인사로부터 비난의 타켓이 되는 것은 어쩔 수 없을 것이다.

이유야 어떻든 AMC 엔터는 현 연예계에서 언터처블의 위치에 올라 있었다. 주위에서 질투 어린 시선으로 아무리 쏘아 본다 하여도 변하는 것은 없다.

그런 AMC 엔터가 어째서 중소기획사에 불과한 자신을 건드리는지? 이해하기 어려운 노릇이다.

마수혁은 미간을 찡그렸다.

그 또한 그런 거물급 회사가 아무 이유 없이 훼방 놓는 다는 것이 어이가 없었던 탓이다.

이 때 박민용 전무가 고개를 끄덕였다.

"…어쩐지 저번에 KBS 조인혁 예능 국장이 지나가는 말로 AMC 와 사이가 어떠냐고 묻더라니?"

"그럼, 진작에 말했어야지!"

"죄, 죄송합니다. 그 때는 확실한 게 아니라서."

"누구? AMC 엔터에 아는 사람 있어?"

"……."

"거참! 답답하게 왜 이리 조용해?"

이부장은 아까의 실수를 만회하려는 지 조심스런 표정 으로 의견을 제시했다.

"예전에 나라 기획 시절 송상무와 안면은 조금 있습니 다."

"좋아. 어떤 수를 써서라도 잘 해결해 봐."

"그럼, 회의가 끝나는 대로 전화를 넣어서…"

"이 자식이! 누구 망하는 꼴 보려는 거야? 앙?"

"…무슨 뜻인지?"

"우리가 부탁하는 입장인데 무슨 전화! 죽이 되든 밥이 되든 직접 쳐 들어가서 만나봐. 얼굴 맞대고 이야기를 하면 안 될 일도 되는 거 몰라? 쯧쯧! 이리 멍청해서야."

"아, 알겠습니다."

박사장은 답답하다는 듯이 언성을 높였다.

"근데 그놈들 대체 우리한테 왜 이래? 이건 대놓고 죽이겠다는거 아니야? 안 그래?"

"글쎄요? 상황으로 봐선 그 쪽에서 고의적으로 방해를 놓는 것은 사실 같습니다. 하루 이틀이면 몰라도 만약 장기간 끌게 되면 회사 꼴만 우스워지고 매출에도 지대한 영향이 미칠 게 뻔합니다."

"그렇겠지."

"그러니 어떤 대가를 치루더라도 최대한 빨리 수습을 해야 하지 않을까요?"

"제길! 나라고 안 그러고 싶겠냐?"

그렇게 긴 회의가 끝나가는 그 시점이었다.

저번에 정체불명의 양아치에게 무려 전치 8 주의 부상을 입은 로드 매니저 대신해서 새로 뽑은 신입이 눈치를 살피며 들어왔다. 그러더니 그는 상사에게 쪽지 하나를 건넸다. 과장은 나지막한 어조로 타박했다.

"이게 뭐야? 꼭 지금 줘야 돼?"

"저도 그러고 싶었지만…."

웬만하면 회의 끝나고 전달해도 될 정보였다면 그도 그

러했을 것이다. 신입이라고 분위기 파악을 못하겠는가? 잘못하면 불벼락이 떨어질 이런 모험은 딱 질색이다. 하지만, 몇 번을 생각해도 이 정보는 미리 말해놓지 않으면 향후 문제가 생길만큼 정말로 긴급한 소식이었다.

그 때문에 회의 중간에 들어와 무례를 무릅 쓴 것이다.

과장은 쪽지의 내용에 잔뜩 인상을 찡그리다가 낙담한 눈빛으로 결국 보고를 했다.

"지금 KBS 뉴스 속보에 이너 서클의 김정수와 스커드의 손경미가 열애 중이라고 보도가 나오는 중이랍니다."

"뭐?"

"이런 미친!"

"무슨 소리야! 당장 TV 켜 봐!"

시청률이 잘 나오지 않는 토요일 오후라는 특성상 인기 드라마의 재방이나 아이돌 예능이 主를 이루는 것이 일반적이다.

그런데 갑자기 KBS 2 에서 '이너서클의 김정수와 스커드의 손경미가 열애 중' 이라고 특종을 보도하고 있었으니 장내는 충격에 휩싸였다.

― 이너서클의 멤버인 김정수군과 혼성 그룹 스커드의 손경미양의 열애설이라니 사실입니까? 진영미 기자?

- 네. 진영미입니다. 이것은 오늘 아침 저희 데스크로 보내 주신 어느 열혈 팬이 찍은 사진인데요. …자세히 보시면 김정수군의 아우디에 손경미양을 태우는 장면이 보일 겁니다. 두 손을 꼭 잡은 모습이 누가 보더라도 연인이 아니면 해석하기 어려운 장면입니다. 그 외에도 한강 둔치에서 이 둘이 열정적으로 키스하는 모습은 물론이고, 호텔을 들어가는 다정한 사진까지 찍혔기에 현재 대중은 혼란에 휩싸여 있습니다.

- 진영미 기자? 그렇다 해도 한창 젊은 나이에 연애를 한다는 자체는 나쁠 게 없지 않나요?

- 물론 그렇습니다. 서로에게 호감을 느껴서 연인 사이로 발전하는 것에 대해 뭐라 할 수는 없겠죠. 하지만 중요한 점은 이 둘이 공인이고 이들을 따르는 팬들의 반응이 과히 우려스러울 정도라는 데 있습니다.

- 혹시 다른 소식이라도 있습니까?

- 이너서클은 현재 공식적으로 집계된 팬클럽의 숫자만 1백만 명이 넘는 대한민국에서 가장 유명한 그룹입니다. 벌써부터 감정에 북받친 이너서클의 팬클럽인 'Runa愛너

'에서는 앞으로 스커드의 손경미양이 연예계에서 퇴출될 때까지 스커드의 모든 활동을 보이콧하겠다는 충격적인 성명서를 발표했습니다.

– 정말입니까?

– 네. 또한 방금 강남 경찰서에는 손경미양의 눈을 도려 낸 사진과 함께 살해 협박을 하겠다는 혈서가 동봉된 우편 까지 보낸 것으로 알고 있습니다. 이에 경찰에서는 사건의 진상을 파악하고 수사에 들어간 상황입니다.

– 아, 좀 무섭군요. 사실 이런 반응은 좀 우려스러운데 말이죠. 대체 왜 이렇게까지 극단적인 반응으로 나타난 것 일까요?

– 알다시피 이너서클의 팬클럽의 연령층은 초등학생, 중학생처럼 어린 친구들이 많이 분포 되어 있습니다. 그런 탓에 아직 옳고 그름에 대한 인지 능력이 부족한데다 이너 서클의 경우 다른 어떤 그룹보다 충성심이 강한 것으로 유 명한데요.

– 네. …확실히 이너 서클의 영향력은 대단하죠. 저희

딸도 팬이거든요.

– 아무튼 현재까지 유출된 사진을 보면 기이하게도 김정수군보다는 손경미양이 더 적극적으로 스킨쉽을 하는 사진이 주류를 이루고 있습니다. 그런 탓에 이너 서클의 공식 팬클럽 운영진측에서는 평소 활발한 성격의 손경미양이 내성적인 김정수군을 의도적으로 꼬신 것이 아니냐면서 이 모든 화살을 손경미양에게 돌리고 있는 상황입니다.

– 아, 긴급 속보 감사드립니다. 저도 이너서클의 음악은 좋아합니다만 이런 무분별한 안티 행위는 결국 해당 가수의 얼굴에 먹칠을 하는 것이 아닌지. 크흠… 또, 안타깝군요. 좀 더 건전하고, 깨끗한 팬클럽 문화를 가꾸기를 부탁드립니다. 그럼 다음 소식으로 넘어 가겠습니다.

TV가 거칠게 꺼졌다. 그리고 사장이 버럭 화를 내질렀다.

"이런 미친! 손경미! 손경미 어디 있어?"

"아직 숙소에서 감기기운이 있다고 누워 있습니다."

"회장님이 총애하니까 이게 눈에 뵈는 게 없나. 그렇게 이너서클의 그 새끼하고 엮이지 말라니까! 대체 저 스캔들은 누가 터트린 거야?"

"글쎄요. 일단 저희는 아닙니다."

"터져도 하필이면 저런 사진이 나오는 것은 또 뭐야? 젠장! 모두 나가! 꼴도 보기 싫어! 에잉!"

"죄, 죄송합니다."

박 사장은 분노를 터트리면서 연신 노발대발하고 제정신이 아니었다.

그도 그럴 것이 하필이면 상대가 대한민국에서 제일 잘나간다는 이너 서클이다.

물론 이 계통에 있다 보면 알게 모르게 청춘 남녀가 사귀고 썸씽을 맺는 경우는 절대 드문 일이 아니다. 허나 여기서 중요한 점은 그 연애 상대가 이너서클이라는 점이 문제다.

이 시대의 가요계 원탑은 누구냐고 물으면 절대다수가 '이너서클' 이라고 대답한다. 최근 몇 년 동안 가요계의 판도는 천지가 개벽할 정도로 많은 변화가 있었다.

혁신적인 음악, 뛰어난 퍼포먼스, 시대적인 가사, 완벽한 비주얼은 10대, 20대 소녀들을 광신도로 만들 최적의 조건을 갖추게 했다.

이번 이너 서클의 2집인 Come Back Home을 타이틀로 한 'Make a Memory 2th' 앨범은 이미 2백 7십만장이 넘는 괴력을 발휘 중이었다.

이 모든 것이 가능하게 만든 것은 바로 대한민국 유일의 백만 명이 넘는 팬덤의 파워였다. 예전과 달리 팬덤의 영향력은 해당 기획사에서도 쉽게 터치하지 못할만큼 커져 있었다.

스캔들이 터진 것도 문제지만, 터져도 하필이면 하나 같이 손경미가 김정수의 손이나 목을 끌고 억지로 꼬리치는 사진들뿐이라는 것이 더 우려되는 점이다.

남자인 그가 봐도 이건 '남자는 싫은 데 여자가 미쳐서 몸으로 대쉬해서 유혹하는 그런 사진'이니, 이녀 서클을 광적으로 추종하는 빠수니들에게 손경미는 그야 말로 불구대천의 원수나 다름없게 된 것이다.

연예인으로서 사형 선고이리라.

'휴우, 미치겠군.'

박사장은 혈관이 지끈거림을 느꼈다. 그는 두 손가락으로 양쪽의 관자노리를 주물렀지만 끝없는 절망감에 휩싸여 있었다.

이렇게 되면 해결책이 없다.

백만명이 넘는 팬덤을 적으로 돌리고 어찌 스커드가 제 정신으로 가요계 활동을 할 수 있겠는가.

마치 잘 짜여진 음모의 향기도 느껴본다.

하지만 머리 속으로 어째서? 왜? 라고 재차 반문하면 정답은 없어진다.

그는 마치 안개가 가득한 이른 새벽의 절벽을 낀 1차선 도로를 달리는 것과 비슷하다고 생각했다.

까딱 잘못하면 돌이킬 수 없는 낭떠러지에 처박힐 것이다. 등골에는 차갑게 시린 한기가 스르르 감싸올 뿐이다.

"그러니까 컨셉은 종말론적 메카물 애니메이션이지만, 약간 더 비틀어서 마지막에 이중 반전의 카드를 넣자는 뜻 아닌가요? 허팀장님?"

"근데 뾰족한 아이디어라도 있어?"

"없죠."

"에휴. 남은 시간이 그리 많지가 않아. 조금 있으면 프리젠테이션이라고."

"이런!"

"아! 그렇구나. PT!"

허민호 팀장, 지민선 대리, 최정아 사원은 시간이 저녁 9시가 넘었음에도 퇴근할 생각을 하지 않고 토론에 여념이 없었다.

그들이 앉아 있는 곳 위에는 '애니메이션 2 팀'이라고 작은 팻말이 적혀 있었는데 바로 AMC Media Tech 20층의 수많은 사무실들 중 하나였다. 이들은 회장이 넘겨 준 달랑 몇 장으로 이루어진 기획안을 살피는 중이었다. 그들은 혹시 자신들이 잘못 파악한 점은 없는 지 송골매의 눈으로 예리하게 훑고 또 검토했다.

지민선 대리는 푸짐한 살집과 달리 초췌해진 얼굴을 뒤로 한 채 원두 커피가 있는 탕비실로 향했다. 그러자 뒤에 있던 두 사람이 뭐라고 장난스럽게 외쳤다.

"지 대리! 나도 원두 커피!"

"대리님! 저도요. 원두 커피… 묽게 부탁드려요. 헤헤."

"휴우. 요즘은 사원 주제에 대리한테 심부름도 시키고… 많이 컸네."

장난스런 지대리의 너털 웃음에 최정아 사원은 난감한 듯이 사죄를 했다.

"대리님! 미안…."

"알았어. 알았어. 귀염둥이가 그러니까 봐줘야지. 에구."

"감솨요! 대리님!"

벌써 1주일째 야근이었다.

어떤 경우는 너무 늦게 끝나서 집에 들어가지도 못하고 주위의 사우나에서 잠을 잔 경우도 있을 정도로 현장은 전쟁터의 연속이었다.

그럼에도 이들의 동공 깊은 곳에는 이번 기회를 놓치지 않겠다는 '희망'이 존재했다.

그들은 모두 경력직 사원이다.

그리고 그 전까지 애니메이션 업계의 처우가 얼마나 척박하고 미래가 불투명한지 익히 잘 아는 이들이다. 우연히 입사하게 된 AMC Media Tech은 그들에게 과거 직장 때 받았던 연봉의 2배 - 3배를 주고 있었다.

어디 그뿐인가? 이번에 회장이 던져 준 시놉시스와 그림체를 바탕으로 각 애니메이션 팀에게 하나의 임무가 하달되게 된다.

가제 '신세기 에반 게리온' 이라 명명된 이 애니메이션은 크게 원작을 훼손하지 않는 범위 내에서 제목을 한국적인 타이틀로 변경하고, 스토리를 입체적으로 재해석하며 결말을 설득력 있게 변경하기를 원했다.

그리고 현재 5팀으로 나누어진 각 소그룹들의 프리젠테이션이 끝나면 최종적으로 한 팀을 선별하여 이 거대한 프로젝트 총괄을 맡긴다는 파격적인 지시가 내려온 것이다.

회장은 먼저 가제 '신세기 에반 게리온' 이라는 만화책을 자체 유통망을 통해 출판 후, 반응을 살피면서 세계 시장을 대상으로 한국 애니메이션 제작에 100억을 투자한다는 거대한 Plan을 제시했다.

또한 이 프로젝트에서 뽑힌 팀은 영화 엔딩 크레딧에 이름을 올리는 영광도 줄 것이다.

자체 상금만 1억원이라는 적지 않은 보너스도 군침을 흘리기에 충분했다.

그러니 이들 입장에서는 눈에 불을 켜고 자발적으로 업무에 매진할 수밖에 없었던 것이다.

허민호 팀장은 지대리가 가져다 준 뜨거운 종이컵을 자신의 콧잔등에 대면서 감탄했다.

"아, 커피… 이 향기! 정신이 확 깨네."

"팀장님도! 그보다 야근을 이렇게 해도 이상하게 정신은 멀쩡한 게 신기하네요. 지난 번 직장에선 정말 야근이라면 지긋지긋했었는데…."

"직장에 아부하는 것 같아서 그 동안 말은 안 했지만 우리 같이 좋은 회사가 또 어디 있냐. 안 그래?"

"아부가 아니라 아부죠. 큭큭. "

"아무튼 이번 프로젝트만 총괄하게 되면 앞으로 고생 끝! 출세 시작이란 말이지. 커리어도 좋아지고!"

"어휴! 팀장님도. 왜 이리 속물처럼 굴어요? 말만 번지르르하게 하다가 넘어지는 프로젝트 안 봤어요?"

"왜? 다른 회사라면 애니 한 편에 50억이니 100억을 투자한다는 사탕 발린 소리는 솔직히 안 믿는 데… 얼마 전 본사 재무팀 직원하고 이야기를 해 보니… 대출도 안 쓸 정도로 회사 자금력이 괜찮다고 안심하라고 하던데?"

최정아 사원은 나지막한 어조로 말했다.

"하긴! 이번에 중국 공장 착공식 들어가는 데 거기 땅만 2백만 평이라고 하니 확실히 빵빵한 회사 들어온 건 틀림없어."

"회장 나이 보면 부모가 서포트해주는 게 분명한데 부

모가 대한민국 사채 시장의 거물이라도 되나?"

"모르지. 아무튼 능력도 대단한 게 건드리는 사업마다 전부 돈을 긁어모으니 장난 아니지."

"이번엔 미국 또 건너갔다면서?"

지 대리가 종이컵을 구겨서 쓰레기통에 던지면서 중얼거렸다.

"그… 뭐라고 했지? 무슨 아웃백 스테이크인가 런칭하고 바로 영국 건너가서 프리미어리그 축구단 인수 조인식 싸인 한다던데?"

"엄청 바쁘네."

"에구! 변 사장 표정 확 핀 거 보면 몰라? 회장이 자리 비우니 좋아서 싱글벙글 얼굴에 확 티가 나던데 뭘!"

"그런가?"

"어쨌든 그런 것 보면 우리처럼 봉급쟁이가 더 낫지 않니? 아무리 돈 많으면 뭐하냐. 자기 시간이 없는 데?"

100조를 향해서

NEO MODERN FANTASY & ADVENTURE

Part 10-4. 미래의 히트 상품을 선점하다 ??

Part 10-4. 미래의 히트 상품을 선점하다 ??

허 팀장은 가볍게 박수를 치면서 다시 업무 재개를 요청했다.

"자! 자! 잡담은 그만!"

"팀장님? 벌써 끝?"

"다시 시작합시다. 아까… 최정아씨가 그린 각 캐릭터의 그림체는 말한 대로 눈을 동그랗게 좀 더 크게 하고 전체적인 신체 사이즈를 늘리면 된다고 생각하는 데 어떤가요?"

"저희도 괜찮다고 봐요."

"그럼, 일단 그림체는 넘어가고 …그런데 수정한 스토리가 뭔가 2% 부족한 느낌인데… 아닌가?"

"전체적으로 스토리가 너무 칙칙한 색감 같아요."

"동감이야."

"종말론적 세계관에서 캐릭터를 입체적으로 그린다는 게 역설적으로 독으로 작용한 게 아닐까요?"

지대리가 약간 시무룩한 표정으로 대꾸했다.

"전혀 아닌 걸! 요즘 중고딩들도 영화 한 편을 보더라도 온갖 다양한 해석을 다 하면서 감상을 한다고. 그러니 밝은 것보다는 이게 더 나아."

"그거야 그렇지만."

"아무튼 지금처럼 전체 분위기는 음울하고 어둡게, 그러면서 각 캐릭터에게 사연을 부여해서 좀 더 복잡한 내면세계로 방향을 틀도록 하지. 어때?"

재차 작업을 수정해야 한다는 소리에 지대리가 코맹맹이 소리로 애교를 부렸다.

"다시요?"

"응. 다시!"

"나 죽었다. 아, 아. 팀장님!"

"어허! 조용!"

그들은 다채롭게 수다를 떨면서 회장이 직접 각 팀에 내려 보낸 가제 '신세기 에반 게리온'의 줄거리 요약본을 읽기 시작했다.

가제 : 신세기 에반 게리온

〈기존 시놉시스〉

서기 2000년, 남극에 거대한 운석이 추락. 미증유의 재
난 '세컨드 임팩트'가 일어난다. 해수면의 상승, 천재지
변, 경제 붕괴, 민족분쟁, 내란. 이로 인해 세계 인구는 반
으로 격감된다. 그 사이에 위치를 알 수 없는 한 곳에서는
…… 중략 ……

〈애니메이션 2 팀의 Story Concept〉

선택된 십대 아이들이 탑승하는 거대한 휴머노이드 에
반게리온을 이용해 '사도'라고 불리는 정체불명의 괴물체
와 싸우는 준군사 조직 특무기관 네르프를 둘러싸고 일어
나는 사건들을 다룬다.

이 애니메이션에는 창세기와 성서 외경 등 유대-기독교
적 상징들이 출현한다. 그러나 Episode 가 진행되면서 이
런 상징들은 해체되고, 메카닉물 특유의 Motive가 나타나
는 데 작품의 초점은 갖가지 감정적 문제와 정신병적 문제
점들을 안고 있는 등장인물들의 내면 세계로 옮겨 간다

1) 캐릭터의 차별성과 세계관을 확실히 확립
2) 13-14세의 어린 아이를 주인공으로 등장
3) 사회적 비판 및 인간의 괴리감, 소외감 설명
4) 메카닉 특유의 다이나믹 강조
5) 한국적인 색채와 이름을 띌 것

그들은 서로 싸우고, 떠들면서 부족한 점에 체크 표시를 했다. 독선에 빠지지 않기 위해 타인의 아이디어를 청취하면서 조금씩 기존 에반 게리온의 틀을 변화시키고 있었다.

어딘가에 얽매이지 않는 자유로운 창작이다.

그리고 싶은 데로 표현할 수 있는 작업 공간의 접점에 그들은 서 있었다. 겉으로야 지치고 힘들어 투덜대지만 그들은 알고 있다.

이런 장소가, 이런 무대가 적어도 대한민국에는 그리 많지 않다는 사실을. 그래서 그들은 더 힘껏 노력하는지 모른다. 아직 젊은 그들이 세상을 변화시킬 거창한 의무 따위는 없지만, 적어도 후대의 애니메이션 종사자를 위해서 최소한 발전의 토대는 축성시켜야 한다는 것을.

AMC Media Tech에서 넉넉한 대가를 약속했다. 그러면 이제 그들이 그려 나갈 차례일 것이다.

재미있게, 그리고 흥미롭게, 웃고, 울면서 감동을 받을 수 있는 한국산 걸작 애니메이션의 탄생을.

저 멀리 글로벌 영화 시장을 목표로 그들의 작품이 걸릴지도 모른다는 아주 작은 씨앗이라는 희망은 저절로 어깨춤을 추게 하는 원동력이 될 뿐이다.

혹시 또 아는가. 이런 개미들의 수고가 훗날 애니 강국인 미국, 일본의 하청업체 한국이 아닌, 주체자로서 한국으로 자립할 수 있을지?

영화 감독 천명세는 지끈거리는 두통에 어찌할 바를 몰라 했다.

천명세는 이 바닥에서도 강단 있고 기가 센 인물로 꽤 유명했던 탓에 추후로 이번 문제를 그냥 넘어갈 생각이 없었다. 그는 구국의 혁명주의자는 아니지만, 적어도 부도덕한 행위에 비겁으로 무장한 채 지나치는 악역은 증오하는 이였다.

그렇지만 하필이면 그 행위의 주체가 제작사라는 점이 마음에 걸린다. 결국 이는 넋두리 하듯이 투덜거림으로 승화되고 있었다.

"아무리 제작사의 뜻이라 해도 이건 너무 심하지? 안 그래?"

"휴우, 미안합니다."

"이미 배우 캐스팅이 완료된 상황에서 그걸 갈아엎으라니요? 이 천명세의 이름값이 이렇게 부족한지 오늘 알았쑤다."

"뭐라고 할 말이 없군요."

"거 참!"

이영재 부장은 비루먹은 망아지처럼 굽신거리며 연신 사과를 했다.

"감독님? …이해 좀 부탁드릴게요."

"그 쪽에서 칼자루를 쥐고 있다고 해도 나도 체면이라는 게 있는 사람이요. 사람을 어찌 보고!"

"먼저 화내지 마시고 제발 좀 들어보세요. 저희 그룹 최고위층의 지시였습니다. 저희도 잘리지 않으려면 방법이 없어요. 오죽하면 제가 이렇게 사정을 할까요?"

"아무리 그래도 아닌 것은 아니죠."

"감독님!"

천명세 감독은 설득을 시키는 이영재 부장을 뒤로 한 채 일부러 창문으로 시선을 돌리며 고민에 빠졌다.

'어쩐지 너무 쉽다 했어.'

오랫동안 추한 영화판에 굴렀으니 어찌 모를까? 일반적으로 영화계는 스태프는 하인, 감독은 집사, 스타는 양반, 제작사는 왕이라는 익살 섞인 소리가 있다.

현대 자본주의의 부패한 배금주의를 신랄하게 풍자하는 속담이 아닐 수 없다.

이런 더러운 꼴을 보지 않으려면 그가 아예 이 영화에서 손을 떼면 된다. 허나 영화의 시나리오가 너무 좋은 점이 화근이다.

영화든, 드라마, 연극의 흥행에는 수많은 공식이 존재한
다.

그 중에는 배우의 티켓 파워가 있을 것이고, 스토리의
정교함, 뛰어난 홍보처럼 어느 한 분야 중요하지 않은 역
할은 없다. 허나 그 중에서도 가장 큰 부분은 뭐라고 해도
시나리오일 것이다.

적어도 스토리 방면에 있어서 이 영화는 특 A 급은 분명
했다. 마지막 반전은 그야말로 소름이 돋을 정도로 뛰어났
다.

거기다 제작사가 자금력이 풍부하기로 소문난 AMC 엔
터테인먼트였고, 주연도 최근 막 뜨기 시작한 청춘 스타
손창민이 맡기로 예정되어 있다. 이 정도 조건이면 영화가
대박을 안 치는 것이 이상할 것이다.

그러니 그로서도 'Six Sense' 라는 이 영화를 손에서 놓
고 싶지 않았다.

그런데 갑자기 어제 저녁 제작사에서 조연급에 해당하
는 꼬마의 어머니역을 자신들이 지정하는 여배우로 바꾸
라고 했다.

이 뜻은 이미 그가 내정해 둔 여배우를 캐스팅에서 빼라
는 의미였다. 그도 자존심이 있는 데 어찌 그리 쉽게 물러
설까? 그렇게 신경전이 벌어지고 있었던 것이다.

"휴우, 뭐 어쩌겠어. 알았소. 알았어."

이번에 영화 제작 파트로 승진한 이영재 부장은 넉살 좋은 미소로 대답했다.

"잘 생각하셨습니다."

천명세는 피곤한 표정으로 머리를 긁적이며 말했다.

"만약 이번 건을 내가 끝까지 받아들이지 못한다면 결론은 어떻게 날지 솔직히 말해주겠나?"

"그, 그게."

"설마? 고작 이런 걸로 판을 엎고 그러지는 않겠지?"

"글쎄요. 다른 건 모르겠고 이번 캐스팅은 강 사장님 뜻이 아니라는 겁니다."

"그렇다면 더 윗선?"

"네. 그러니 제발 잘 좀…."

"빽이 대단하군. 쩝, 이러다 상전 하나 더 늘어나는 거 아닌지 몰라."

"그 정도는 아닙니다. 어차피 조금 있다 그 쪽에서 배우와 함께 올 예정이니 간단히 미팅만 하시죠."

천명세 감독은 대뜸 탐탁지 않은 표정을 짓더니 재미없다는 듯이 투덜거렸다.

"뭐 어쩌겠나. 해 봐야지."

어차피 그가 뭐라고 불만을 토해봐야 이 바닥의 슈퍼갑인 제작사에게는 기도 못 편다. 그나마 그가 감독으로 명성이나 연배가 녹록치 않았기에 이영재 부장에게 그 정도 흰소리를 할 수 있었던 것이다.

최악의 경우 감독까지 하루아침에 쳐내는 경우도 목격한 적 있었기에 이 정도가 적당했다.

또한 식스센스는 남주인공이 빛을 발하는 영화이지, 여자 둘은 거의 영향력이 없는 조연이었다.

강남의 논현동 도산 대로쪽은 여전히 번화했다.

탁 트인 도로에 위치한 코오라 대게 요리전문점에는 아직 이른 저녁임에도 다소 소란스러웠다. 그 안에는 기차 화통을 삶아 먹은 것처럼 웅장한 목소리가 흘러나오고 있었다.

"하하. 요즘 잘 나간다는 소식은 많이 들었네. 정 회장."

"형님도 참, 아닙니다."

"아냐. 아냐. 내가 웬만해선 다른 사람 칭찬은 안 하는데 정 회장 대단해."

"진작에 제가 먼저 연락을 드렸어야 하는 데….."

"형제끼리 뭘 그리 격식을 따지나. 쯧!"

검은 색 정장에 와이셔츠 사이로 살짝 풀어헤친 목 젖 사이로 2돈짜리 금목걸이가 인상적인 남자는 연신 껄껄대고 있었다.

그의 이름은 진동운. 대한민국 3 대 광역 폭력 조직 중 하나인 OB 동재파의 실질적인 행동 대장이었다. 진동운은 잘 데워진 청주를 잔에 따르면서 말했다.

"사업은 잘 되고?"

현수는 고개를 저으면서 또릿한 어조로 대답했다.

"…아직 멀었습니다."

"저번에 자네 집무실에서 이야기 할 때 보니 규모가 장난이 아니더군. 벌써 그 나이에 이리 성공을 하다니… 비결이 대체 뭔가? 아우?"

"비결이라고 할 게 있겠습니까? 그냥 열심히 사는 거죠. 아 참! 형님 동생인 진수씨나 형석씨, 재철씨는 안 오나요?"

"아? 요즘 그 놈들도 나와바리 가지고 분가해서 지네 식구들 챙기느라 정신이 없을 거야."

"분가 했습니까?"

"응. 그래 봤자 지들이 뭐라고. 큭, 아직 OB 동재파에 속해 있지."

"아."

"내 밑에서 갈라진 거라서 여전히 우리 식구야. 상납도 주기적으로 잘 들어오고. 참, 그 놈들도 정 회장을 만나면 전해달라고 했어. …그 동안 도움 고마웠다고."

"형님도 참! 형님답지 않게 왜 이렇게 비행기를 태우시

고. 그런데 저 분들은? 저렇게 서 있기만 해도 …괜찮은
지?"

현수가 가르친 곳은 사각형 방 옆에 우두커니 시립해 있
는 2명의 덩치 큰 떡대였다.

이른바 외부에 위압감을 주기 위한 병정이다. 진동운은
그게 뭐 이상하냐면서 피식 웃었다.

"원래 나 정도 위치면 이 정도 가오는 있어야 폼이 서지.
안 그렇냐? 아그들아?"

"네. 그렇습니다!"

붕어처럼 살이 찐 두 거구는 마치 로봇처럼 언성을 높이
면서 크게 대답했다. 현수는 빠르게 짜증 섞인 빛을 보였
다가 바로 지워버렸다.

확실히 조폭은 조폭인가?

이 따위 과한 리액션이라니?

굳이 없어도 될 병풍까지 세워놓고 참! 심리적으로 번거
롭다는 느낌은 인간이라면 당연한 반응이다.

그럼에도 그는 침착성을 유지했다. 진동운이 그를 위협
하기 위해 이 둘을 대동한 것이 아님을 알고 있던 탓이다.

"술 한잔 하죠?"

"그럴까? 정 회장은 술 잘 드시나?"

"그냥 적당히 마시는 편입니다. 하시는 일은 잘 되십니
까?"

"뭐, 항상 정 회장이 도와주니 잘 되는 편이지."

그 동안 정현수는 주기적으로 진동운과 유대감을 맺어오고 있었다. 처음 몇 달 동안은 매번 당구장에 들러서 카드나 당구를 치면서 놀았고, 그 후로 진동운이나 정현수나 각자의 영역에서 세력이 커지면서 만남의 장소는 일식집 아니면 룸싸롱이었다.

진동운이 생긴 것과 달리 비싼 참치회를 좋아했던 탓이다. 술이 몇 잔 돌자, 진동운은 속에 있는 말을 직설적으로 끄집어냈다.

"솔직히 말하지. 나 진동운이… 지금까지 누군가에게 무언가를 받기만 한 적은 자네가 처음이네."

"갑자기 왜 그런 말씀을?"

"어허. 정 회장 더 들어보게. 난 말이야. 사실 자네가 내게 후원금 명목으로 매월 돈을 건네는 것도 다소 부담을 느꼈네."

"……."

"또한 몇 달 전부터 자네 회사 프랜차이즈 가맹점 개설 때마다 마진에서 5%씩 떼어 줄때도 그저 정 회장이 나중에 내게 부탁을 할 게 있을 거라 생각하고 받았다네."

정현수는 안경을 벗어서 먼지를 닦으면서 중얼거렸다.

"이런? 저를 너무 속물로 만드는군요."

"물론 요즘 같이 돈이 무력인 세상에서 아이들 챙겨주

고 그 때문에 세력이 많이 늘어난 것은 사실이네."

"그럼 된 거 아닙니까? 너무 복잡하게 생각하면 더 이상해질 뿐이죠."

진동운은 주먹으로 테이블을 살짝 치면서 의미심장한 말을 던졌다.

"그래서 이번엔 내가 자네에게 제의를 하나 하지."

"무슨 뜻이죠?"

"좋은 건수가 생겼거든."

잘 익은 게다리를 끝이 뾰족한 작대기로 훑어내면서 현수는 예리하게 눈빛을 반짝거렸다.

"말해보세요. 어떤 일인데?"

"분당 신도시는 알지?"

"그럼요."

"현재 분당 신도시 남쪽의 금곡동에 모 건설 회사에 분양한 아파트에 문제가 생겼어. 아파트 시공사가 자금난을 견디지 못하고 부도가 났는데 그 때문에 하도급 업체40여 곳이 떼인 돈 160억을 받겠다고 유치권을 행사 중이네."

"유치권이라… 건물 점유하고 땡강 부리고 뭐 그런건가요?"

"그렇네. 알다시피 건설 분야가 꽤 험하지. 인생 막장인 놈들도 많고. 하도급 업체에서는 돈이 한 두푼이 아닌 까닭에 전문적으로 추심하는 애들 혹은 지역 조폭에게 이익금을 나누는 계약을 하고 이 아파트에 대거 풀어 버린 모양이네."

"그런 일이? 입주민은 있습니까?"

"아마 대부분이 미분양 되고 싼 맛에 덜컹 계약한 80 가구 정도가 있는 것으로 추산되네. 허나 그조차도 아파트 정문에 컨테이너로 막고는 '공사비 환수' 명목으로 이사 때마다 천만원씩 요구를 한다고 들었네."

"쯧, 완전 도둑놈들이군요. 애꿎은 시민에게 저러니…. 근데 경찰은 왜 가만히 있습니까?"

진동운은 연속으로 술을 들이키면서 냉랭한 어조로 말을 내뱉었다.

"대한민국 짭새 놈들이라고 뭐 특별한 방법 있을까? 어차피 경찰에 가도 민사 문제가 복잡해서 소송으로 해결하라고 할 뿐이지. 거기다 그 놈들은 대놓고 폭력은 안 써. 큭, 딱 법에 안 걸릴 정도만 위협을 하지."

"그래서요?"

"얼마 전 우리를 광주에서 픽업해주신 박영만 형님께서 경찰에 잡혀 갔다네. 살인 교사죄가 인정되면서 15년형을 판결 받았어."

"불행한 사건이군요."

"OB 동재파를 세우신 동재 큰 형님도 감옥에 있지. 나머지 늙은 윗대가리들은 우리 같은 젊은 놈들을 눈에 가시처럼 여기고 자기 고향 후배들을 끌어 모아서 저마다 세력 불리기 작업에 한창이네."

"……."

"이미 주먹 세계는 끝났어. 의리와 깡만으로 단결이 되는 시대는 이미 지났다고 보면 돼. 이젠 전부 돈이야. 싸움? 아무리 잘해도 다구리와 연장에 장사 없다는 말이 있지. 그래서 하는 말인데 자네? 나를 얼마나 믿나?"

"믿는다라?"

눈과 눈이 허공에서 마주쳤다. 서로의 가치관과 신념을 읽기 위함이다.

진동운은 급하게 변하는 상황에 적지 않은 식구들, 자금 문제까지 겹쳐지자 알 수 없는 찝찝함을 느껴야 했다. 정현수는 한치의 흔들림도 없이 진동운의 그 매서운 눈빛을 받아내면서 이윽고 미소를 드러냈다.

"이 세상에 누구를 믿는다고 말하는 자체가 더 우습지 않을까요? 굳이 서로 간에 입바른 소리는 하지 맙시다."

"후후, 그런가. 하긴! 명언이군."

"명언은 아닙니다."

"그래. 행동이 더 중요하겠지."

"형님? 적어도 서로의 등에 비수는 꽂지 말고 인간적으로 이해해주면 되는 것 아니오? 뭐 그리 어렵게 생각합니까? 쯧!"

"그 패기 좋군. 좋아. 적어도 그 정도 배짱은 되어야지 이 진동운이 동생이지."

현수는 주위를 살피면서 나지막한 어조로 반문했다.

"그래서 본론이 뭡니까?"

"그 시공사가 부도나면서 한국토지주택공사에서 이번에 322가구가 공매로 나올 예정이네."

"공매요?"

100조를 향해서

NEO MODERN FANTASY & ADVENTURE

Part 10-5. 미래의 히트 상품을 선점하다 ??

"응. 현재 분당 중심지쪽 20-30평형대 평당 시세가 5백만원이고, 40-60평이 6백만 원이 넘긴 상황이야. 89년, 90년에 분양할 때 가격보다 2-3배가 폭등했으니 분당쪽은 투자지로서 아주 적격이지."

"…분당도 꽤 많이 올랐군요."

"아무튼 이번에 유치권으로 엉망이 된 이 아파트 단지도 30-40평형이 주류라서 원래라면 평당 5백만원 가까이 되지만 떨거지들이 설치는 바람에 제 가격이 전혀 형성이 안 되고 있다네."

"하지만 경매도 아니고 공매인데 우리가 원하는 가격만큼 낮추는 것이 가능하겠습니까?"

259

"토지공사에서는 원래 자기 소유 토지를 시공사에 팔아 넘기면서 토지에 저당을 설정했고, 그러다 잔금 대신에 쓸모가 없는 322 가구만 떠맡게 되는거야. 아, 물론 토지 공사 쪽에도 우리와 끈이 있는 놈이 있어서 최대한 낮은 가격에 공매가 이루어질 걸세."

진동운의 설명이 끝나자, 현수는 이해가 된다는 듯이 고개를 끄덕였다.

쉽게 말해 그가 원하는 것은 합작이다.

토지 공사 입장에서야 한 푼이라도 더 건지기 위해 최대한 가격을 낮춰서 공매를 진행할 것이 뻔했다. 그래야 입찰자가 나타 날테니까. 깡패 천지인 아파트에 누가 입찰을 하려고 할까?

진동운의 시나리오는 이러했다. 그가 자금을 대서 322 가구 전체를 통으로 매입하면 OB 파 식구들이 아파트를 무법천지로 만든 놈들을 해결한다는 것이 전체 흐름이다.

그는 도드라진 표정으로 입을 뗐다.

"이제야 알겠습니다. 자금은 제가 대고 유치권 설정을 한 하도급 업체의 해결사들은 형님쪽에서 해결하겠다는 뜻 아닌가요?"

"그렇지. 그 대가로 전체 수익의 30%를 원하네. 어떤가? 이 정도면 공평하다고 생각되는데?"

"현재 그쪽 아파트 상황이 그렇게 안 좋습니까?"

"직접 가 봐도 무방하네. 워낙에 많은 하도급 업체끼리 이해관계가 얽혀 있다 보니 전국의 양아치란 양아치는 다 온 모양이야."

"복잡하군요."

"아무튼 그 중에는 우리도 껄끄러운 지방의 전통 조폭 몇 군데도 있어. 다른 놈들은 몰라도 그 놈들 내보내려면 적어도 손에 뭐 좀 쥐어줘야 가능할거야."

"형님 쪽이 30% 가져가는 것은 괜찮습니다. 그런데 보이지 않는 칼이 무섭다고 형님 힘으로 전부 가능하겠습니까? 안 되면 중국 쪽에서 칼 잘 쓰는 애들 몇 명 붙여 드릴까요?"

현수가 던진 말은 빈 말이 아니었다.

아무리 진동운의 세력이 세다 해도 상대들도 만만치 않았던 탓이다. 현재 중국에 있는 최창섭은 그가 벌어 준 돈으로 상해에서 거대한 룸싸롱과 나이트 클럽의 오너가 되어 가끔씩 껄껄대면서 과시를 하고는 했다.

그러면서 넌지시 피를 볼 일이 있으면 언제든지 연락을 하라고 한다. 중국에는 단 돈 몇 푼에 서슴없이 살인을 할 정도로 막장인 애들이 많았고, 한국으로 밀항해서 비즈니스를 하고 바로 그 날 배편으로 본토로 돌아오면 잡힐 걱정도 없었다.

허나 진동운은 눈을 찡긋거리더니 당당하게 말했다.

"후후, 나를 뭘로 보고 그러나. 걱정 말게."

"토지 공사에서 공매로 내는 가격이 어느 정도인지 알고 있습니까?"

"어제 듣기로는 평당 백 육십 좌우라 하더군."

현수는 깜짝 놀란 듯이 동공을 확장시키며 감탄사를 내뱉었다.

"컥! 주위 시세가 평당 5백인데 백 육십만 원이라니! 시세차이가 대단하네요."

"그렇지. 하지만 이 가격에도 관심 있는 이가 없다는 게 문제지. 깡패들이 득실거리는 그런 곳에 과연 누가 손을 뻗고 싶을까?"

"하긴!"

"그러니 토지 공사에서도 울며겨자먹기로 손실을 최대한 빨리 털어버리고 싶은 것이지."

"대충 계산해도 큰 탈 없이 진행이 되면 3배 장사네요."

진동운은 시큰둥한 표정으로 껄껄댔다.

"큭큭, 괜찮은 아이템이지. 선량한 주민도 구해주고 나쁜 놈들도 혼내주고."

"그런데 그 사람들이 나쁜 놈들인가요?"

"하도급 업자 입장에선 어쩔 수 없겠지만, 일단 방향도

잘못 되었고 무엇보다 불법이지 않나. 아무튼 이번 일이
잘 되면 이런 종류의 일은 우리가 빠삭하게 잘 알고 있다
네. 가끔씩 용돈벌이로 괜찮지."

"용돈벌이라. 용돈벌이치고는 크네요."

"아무튼 어쩔 셈인가?"

"공매에 필요한 자금은 대충 얼마입니까?"

"어림잡아도 150억은 있어야 하네."

적지 않은 금액이었다.

그러니 엉덩이가 무거운 진동운이 직접 찾아 온 것이리
라. 그는 잠시 생각하는 눈치더니 의외로 명쾌하게 결론을
내렸다.

불법을 저지르는 것도 아니고, 어떤 의미에서는 쓰레기
를 처리하는 일이었다.

거기다 마침 얼마 전 중국에서 들어온 달러에 지금까지
개인 통장에 넣어 둔 현금을 합치면 얼추 그 금액이 되었
다.

이제 이 정도 단위 돈은 회사 돈까지 손 댈 필요 없이 가
능해진 것이다.

"좋습니다. 돈은 있으니 바로 진행하죠."

"호탕하군. 확실히 비즈니스맨이야."

"형님도 참!"

"소 실장님도 운이 좋은 건지 대단하지. 안 그래?"

"그렇지."

"제길! 아무리 그래도 이건 뭐… 회사가 체계가 있는 건지 없는 건지 이제 갓 30대 중반의 여자를 저렇게 하면 어쩌자는 거야?"

"왜? 아니 꼽냐? 그러게 영어를 잘 하지 그랬어?"

"깝치기는! 집에 돈이 없어서 미국 유학을 못 간게 한이다. 한!"

(주)AMC 기획실은 소혜련 실장의 인사 이동 소식에 한동안 부러운 눈빛으로 떠들썩했다.

그도 그럴 것이 이번에 첼시 F.C 인수에 성공한 공로를 인정받았기에 런던으로 파견을 가는 절호의 기회를 얻은 것이다. 거기다 첼시의 고위 임원으로 승진이란다.

파격도 이런 파격은 없었다.

AMC 그룹의 인사체계로 볼 때 실장급이면 부장급이라 할 수 있었다. 그런데 아무리 업무 실적이 좋다고 해도 호봉과 직급을 무시하고 무려 3 단계 이상 직급을 건너 뛴 영전이라니!

그에 따라 자연적으로 시기심과 질투심의 폭발은 인간이라면 따라오는 필연적인 수순이리라.

최근 그룹은 스포츠 마케팅 차원에서 영국의 프로 축구 클럽인 첼시 F.C를 2천 3백만 파운드에 인수했다.

소실장은 첼시 인수 공로를 인정받아서 첼시 F.C의 선수 영입 및 이적을 책임지는 핵심 파트의 수장으로 떠날 예정이었다.

연봉은 당연히 2배 - 3배 이상 뛸 것이고, 파견지도 동남아나 아프리카 오지가 아닌, 유럽의 자존심이라는 영국 런던이었다. 그야말로 누구에게나 선망의 지역이 아닐 수 없다.

그 때문에 모처럼만에 들이닥친 메가톤급 화제는 연신 궁금증만 유발하면서 대화를 이어갈 뿐이다.

"근데 Vice President라는 직급이면 전무급인가?"

"아마도."

"생각 외로 기존 첼시 고위층을 날리지 않았다고 하던데?"

"기존 조직 문화를 존중하는 의미에서 소혜련 실장과 매니지먼트 회사에서 스카웃 한 마이클 강을 빼고 나머지는 거의 손을 대지 않을 생각인가 봐."

누군가 커피를 홀짝이면서 퉁명하게 말했다.

"원래 첼시에는 5명의 부사장이 있어. 기존 재무 파트의 부사장이 사장으로 올리고, 마이클 강이 그 자리를 꿰어 찼지. 그리고 소혜련 실장은 첼시 내에서 공식적인 직책은 부사장이야. 전무가 아니라…."

"회사가 개판이야. 이건 뭐 시스템도 없고 제멋대로니.
에잇!"

"자, 자. 그만 투덜대고 일이나 하자고. 저기 상무님 오
시네."

"안녕하십니까. 상무님?"

"아, 그래. 모두들 앉지."

"네!"

(주)AMC의 애초 계획은 그룹의 지주 회사로서 투자 부
문에만 전념할 생각이었다. 하지만, 아직 그룹의 체계가
대기업처럼 확실하게 잡힌 상황이 아니라 최근의 모습은
각 프로젝트별 서포팅 그룹으로 운영 중이었다.

기실 이번 소실장의 특별 영전 사건으로도 알 수 있는
것처럼 (주)AMC의 수장인 최상철 사장이 그룹 오너의 손
발이나 마찬가지인지라 그만큼 영향력이 큰 핵심 부서임
은 분명했다.

오현태 상무는 이십 여명에 달하는 기획실 산하 직원을
모아 놓고 차분하게 설명했다.

"수고들 많군. 소실장이 그룹의 자회사인 첼시 F.C로
영전한다는 소식은 알 테고, 조만간에 공석인 기획실장
자리는 내부에서 후보자를 정해서 올릴 테니 기다려 보
게."

"네."

"그리고 방금 사장님으로부터 지시 받은 내용을 전달할 테니 잘 듣도록."

"……."

"조만간에 또 다른 자회사인 AMC Electronics가 만들어질 거야. 그리고 우리 기획실이 임시로 맡고 있는 진공스팀 청소기와 에어 프라이어는 앞으로 그 쪽으로 업무를 이관시킬 테니 그리 알고 있도록!"

그러자 기획실에서 가장 짬밥이 높은 과장급이 대답했다.

"아니! 고생은 저희가 다 하고 과실은 다른 놈이 따 가면 대체 누가 회사를 위해서 충성을 하겠습니까? 이 부분도 고려해 주십쇼."

"그렇잖아도 이 점에 대해서 상의를 많이 해봤네. 여러분의 고생을 감안해서 우리가 내린 결론은, 그래서 인센티브 제공이네."

"인센티브요?"

"그래. (주)AMC 기획실 파트에서 신제품을 만들어낼 때마다 향후 그 제품의 매출 실적에 따라서 A, B, C, D로 등급을 나눈 후, 개개인에게 보너스를 주기로 상부로부터 약속을 받았네. 그러니 앞으로 더욱 분발해주게나."

"아! 감사합니다. 상무님! 역시 상무님이야 말로 부하 직원의 고초를 신경써주시는군요."

오상무는 근엄한 목소리로 혀를 끌끌 찼다.

"어허! 쓸데없는 아부하지 말고!"

"네."

"앞으로 그대들이 회사를 위해 해야 할 일이 많으니 잘 듣도록. 첫째는 아래 한글로 유명한 한글과 컴퓨터와 인수합병이 윗선에서 직접 추진해서 이미 막바지에 이른 모양이네."

"그? 뭐지? 그 …워드 프로세서 회사 말하는 건가요?"

"맞아. 기존의 보석글이나 금성 소프트웨어에서 개발한 하나 워드보다 월등히 뛰어난 프로그램이지. 자네도 써보면 알겠지만 꽤 편리해."

"그러면 연구원이 더 필요하지 않을까요? 알다시피 소프트웨어쪽은 아는 사람이 별로 없어서…."

"괜찮아. 그 쪽 회사의 인력을 대부분 승계하기로 한 상황이니 딱히 문제가 될 것은 없을 것으로 보네."

"최근 일본에서 수입한 워드 프로세서인 젬워드, 르모 II, · 워드피아 등 우후죽순처럼 난립해 있는 데 이런 치열한 환경 속에서 ?글이 경쟁이 되겠습니까?"

"글쎄? 그거야 두고 봐야겠지."

그들의 우려는 틀리지 않았다. 기업이란 최우선 순위가 이윤 추구가 목적인데 현재 소프트웨어 시장은 암울하기 그지없었다.

워드 시장은 대기업과 수입상의 횡포로 한물 간 외국산 워드 프로세서가 무료 혹은 덤핑으로 시장을 어지럽히며 ᄒᆞᆫ글을 낭떠러지로 몰아넣고 있었다.

이에 서울대학교 창립멤버 이찬진, 김형집, 우원식은 눈물을 머금고 기업 매각을 결심하게 된다.

이 소식을 전해들은 AMC 그룹의 총수 정현수는 기업의 이윤과는 상관없이 원래 매각 금액보다 몇 배나 더 지불하고 초기의 한컴을 인수하게 된 것이다.

그 배경에는 - 한컴의 형편없는 재무 재표와는 상관 없이 - 보통 때와 다르게 어느 정도 감성적인 마인드가 작용한 것은 사실이다. 원래 한컴은 IMF 사태를 시발로 경영이 악화되어 외국에 팔릴 위기에 처하게 된다.

그러다 이 소식을 접한 한국인들은 '글 살리기 운동'을 전개하였고, 그로 인해 기적적으로 회생하는 것이 한국의 역사다.

한국인에게 ᄒᆞᆫ글은 글 쓰는 방식에서 한국의 문화를 지켜낼 수 있는 '신토불이 프로그램'이나 마찬가지라 할 수 있었다. ᄒᆞᆫ글은 현대 한글 글자 1만 1172자와 옛한글 모두를 표현할 수 있는 유일한 한글 워드프로세서였다. 영어와 한글은 자모체계 자체가 다르고, 외국의 입력 체계에 맞추다 보면 고급문자인 한글은 발음기호가 필요한 저급문자로 바뀔 수도 있는 데, 이는 잘못하면 생명력을 잃는 치명적인 결과를 낳을 수 있다.

적어도 AMC 그룹의 한컴 인수는 이런 애국적인 감정과 더불어 소프트웨어 기초를 다지는 한 축으로 그 역할을 담당하게 될 것이다.

오상무는 메모지에 적은 글을 계속 읽었다.

"아무튼 한컴이 합병되면 현재 한컴의 CEO인 이찬진씨와 임원들은 일괄 사퇴를 하기로 약속을 했으니 여러분들이 걱정하는 그런 문제는 없을 것이네."

그러자 직원들은 아니라면서 약간 장난스럽게 대답했다.

"저희가 그 정도로 속이 좁지는 않습니다."

"뭐, 그거야 알 수 없는 것이고…. 크흠! 두 번째는 프로젝트가 좀 크다네. 현재 CD로 대표되는 CD플레이어를 밀어내고 전혀 다른 형식의 초소형 오디오 플레이어를 개발하는 것일세."

"네엣?"

좌중에서 강한 반문이 튀어나오는 것은 당연했다.

이들 중에는 국내 굴지의 대기업 전자 분야에서 근무하다가 스카웃된 인물도 몇 명 있었다. 그러하기에 지금 이 말이 얼마나 기가 막힌 것인지 그 누구보다 잘 알고 있었다. 그저 코웃음만 나왔다.

전자 업종은 고도의 기술이 요구되는 첨단 산업이라 할 수 있다. 특히나 Sony, Panasonic으로 대표되는 일본 전자 산업의 젖줄인 CDP 산업의 패러다임을 한국의 일개 중소기업이 바꾸겠다는 발상이라니.

LDP를 밀어낸 것이 소니의 워크맨이었고, 그 후에 CD player 가 등장한다. 휴대가 편한 초소형화 된 MP3 의 시대에 접어들려면 아직 5~6년은 더 있어야 했다.

지금 이 지시는 MP3와 MP3 플레이어를 개발하라는 의미와 크게 다를 것이 없었다.

직원 중 하나가 또릿한 어조로 반박했다.

"CD를 밀어내고 다른 오디오 플레이어를 개발하여 세계 표준으로 만든다는 건 저희 회사 수준으로는 어림도 없는 이야기입니다. 적어도 글로벌 메이저 업체 몇 군데가 연합하지 않으면 불가능으로 보여집니다. 기술도 전무하구요."

"역시 회장님의 예측대로군."

"네?"

"걱정은 알지만, 그런 걱정은 우리가 할 테니 여러분들은 그룹의 지시에 따라 움직이면 됩니다. 어차피 세계 표준이라는 것도 누가 되었든 그 영역을 경험해 보지 못한 개척자의 온전한 몫입니다. 뜬 구름 잡는 세계 표준

이야기는 나중에 하기로 하고… 이 글 한번 읽어 보세요."

"뭐죠?"

"여기서 키포인트는 기존 CD에 수록된 음원 데이터를 최대한 가볍게 축소시키는 것이 현 프로젝트의 목적이라 볼 수 있습니다. 아시다시피 카세트 테이프나 CD는 아무리 많아야 수십곡이 전부라서 휴대하는 데 불편함이 많기 때문이죠. 그래서…."

오상무는 지루하기 짝이 없는 이야기를 장황하게 풀어서 끄집어내기 시작했다. 어디서 준비해 온 자료인지 몰라도 A4 사이즈로 된 서류를 돌리면서 어떤 식으로 이 프로젝트를 시작할지, 과연 연구의 주체는 누가 될 것이며 향후 전개 방향은 어떨지 따위를 몇 시간에 걸쳐서 설명했다. 인간인 이상에는 장시간 회의에 하품을 하거나 투덜대는 것은 어쩌면 보편타당한 행위일 것이다.

그럼에도 그들로서는 기라성 같은 글로벌 업체도 간 적 없는 영역에 도전한다는 자체에 힘이 불끈 솟는 것을 느낀다.

CD 산업의 패러다임을 바꾼다?

흥분된다.

짜릿함이다.

그것은 강한 도전이자 설레임이다. 훗날 MP3로 이어지는 디지털 시대의 최초 혁명의 장이다.

　그 외에 향후 조직 개편 방안에 대한 토론을 마쳤다. 뒤이어 스톡옵션이 언급되자 해당 간부에게는 기쁨이, 대리 이하 사원에게는 낙담이 순간적으로 교차될 따름이다.

100조를 향해서

NEO MODERN FANTASY & ADVENTURE

Part 10-6. 미래의 히트 상품을 선점하다 ??

"어떻습니까? 교수님?"

"2년 계약으로 1년 더 옵션으로 연장이 가능하고, 매년 기본 연구비 2억 지원이라? 본 프로젝트가 제품 판매로 연결되어 성과를 보일 경우 인센티브로 5억 지급에 매출에 대한 로열티 2.5% 지급…."

주저하며 망설이는 음성에는 갈등의 빛이 역력했다. 다시 설득을 하는 낭랑한 어조가 학과장실에 울려 퍼졌다.

"대한민국의 그 어떤 기업도 이 정도로 좋은 조건을 제시하는 곳은 없을 겁니다."

"알아. 자네 회사처럼 열정적인 곳도 드물고. 교수라고 대접해주는 것을 어찌 모를까?"

"그러니…."

"허나 잠시 생각할 시간을 좀 주게. 이 건이 바로 가부를 결정해야 할 만큼 급한 건 아니지 않나?"

서울대 컴퓨터 공학과 전창열 주임 교수는 벌써 세 번째 보게 된 이명훈 과장의 얼굴을 물끄러미 주시하고 있었다. 그 정체는 선택에 대한 갈등이었다.

㈜AMC 기획실 소속이라? 그리고 반문이 떠올랐다.

이명훈 과장과 함께 온 부하직원인 성대리는 오케스트라의 합주 때처럼 만면에 넉살 좋은 리액션으로 정신이 없었다. 다시 입을 뗀다.

"크흠…, 분명히 매력적인 제안인 건 사실이네. 하지만 현실과 이론은 많은 차이가 있지. 말은 쉽지만 기존의 음원 데이터를 90% 이상 줄여서 전혀 새로운 방식의 오디오 파일을 만든다는 게 어찌 만만하다 할까? 쉽지 않아. 절대로…."

"그래서 저희가 연구한 데이터를 드린 것 아닙니까?"

"그래봤자 이론일 뿐이야."

교수는 딱딱한 표정으로 부정적인 뉘앙스를 내풍겼다. 비록 그가 미국 스탠포드 출신에 최근 각광 받는 소프트웨어쪽에 전문 지식이 풍부하다 해도 컴퓨터 분야는 거대한 바다와 같이 광활하고 다양했다.

지금과 같이 파일 추출과 음원 압축 이후에 그것을 다시 디지털 신호를 입혀서 기계 회로에 재생한다? 그러기 위해서는 Digital Signal Processor라는 집적 회로도 자체적으로 설계해야 했다.

그 외에도 손봐야 할 영역이 한 둘이 아니었다.

그런 탓에 이런 좋은 조건의 지원에도 불구하고 몇 날 며칠을 망설였던 것이다.

최소한 그는 양심에 털은 나 있지 않는 학자였다.

이는 연구 실적에 대한 압박감과 비슷하다 할 수 있다. 몇 몇 타락한 교수처럼 기업의 지원금만 가로채고 나 몰라 라 하기에는 자존심이 허락지 않았다. 아무튼 그만큼 쉽지 않은 영역이기도 했다.

"휴우, 어찌 되었든 자네들 의견은 잘 알았네. '초소형 디지털 미디어 개발 件'에 대한 AMC 그룹의 연구 용역은 긍정적으로 고려해 볼 테니 오늘은 일단 가보게."

"교수님 뜻이 그러시다면 먼저 들어가겠습니다. 부디 진지하게 검토 부탁드립니다. 아시다시피 이 용역은 대한 민국의 기술을 세계에 알릴 수 있는 밑바탕이 될 수도 있 습니다. 우리나라라고 언제까지 일본의 꽁무니만 보고 쫓 아 갈 수는 없지 않겠습니까?"

"자네 대단하군. 이젠 애국 마인드로 옭아매려고 하니. 아무튼 나중에 다시 이야기 하세. 잘 가게."

"그럼, 안녕히 계십쇼."

"멀리 안 나가네."

저런 것이 회사원의 생활일까? 다른 것은 몰라도 자신의 자존심을 버리고 최선을 다하는 자세는 본받을만 하다고 생각했다.

그 둘이 교수실 문을 닫고 나간 후, 전창열 교수는 짧은 사색에 잠겨 있었다. 그러던 그 때, 누군가가 노크 후에 들어왔다. 이번에 3학년으로 복학한 유치열이라는 학생이다. 어린 시절부터 컴퓨터에 빠져서 각종 소프트 웨어 개발 경시대회에 빠짐없이 입상하였고, 서울대 입학 후에도 A 학점을 도맡아 놓은 천재다.

불우한 가정환경 탓일까?

왜소한 체격에 늘 낡은 옷차림과 달리 입가에 미소가 떠나지 않는, 꽤 호감이 가는 친구였다. 그런 탓에 특별히 조교로 채용해서 배려를 해주는 상황이었다.

유치열이 공손한 자세로 말했다.

"교수님, 논문 정리 다했습니다. 확인해 보시죠?"

"어. 그래, 그렇게 빨리?"

"네."

"수고 많았네. 늘 일처리 하나는 확실하군."

"뭘요."

"아, 참! 자네 이리 와서 이거 좀 보게."

"그게 뭐죠?"

"이번에 모 기업에서 연구 용역을 부탁했는데 과연 이

게 현실성이 있는지 몰라서 말이야. 내가 모르는 분야도 있어서…"

그러면서 슬쩍 유치열의 얼굴을 보더니, 조금 전 (주)AMC에서 놓고 간 몇 장의 종이 서류를 건네주었다.

유치열은 빙긋 웃었다. 수재들이 다닌다는 서울대에서도 컴퓨터 쪽으로는 빠삭한 인재였다.

그는 처음에는 별 것 아닌 것처럼 종이를 쓰윽 읽다가 눈빛은 점점 더 묘하게 변해가고 있었다. 왜일까? 그것은 이제 갓 8살 먹은 꼬맹이가 미지의 세계로 가득한 '아라비안 나이트'의 램프를 접촉한 그 느낌과 닮아 있었다. 그 느낌의 정체는 광기였다.

바로 정현수가 직접 과거의 기억을 바탕으로 관련 계통 전문가의 철저한 자문을 거친 MP3의 기본 원리 체계였다. 그리고 그 종이에는 이렇게 적혀 있었다.

가제 : MP3 음원 기술 표준 및 MP3 Player 개발 件

1) 개발 목적 :

카세트 테이프 플레이어와 CD Player는 취약한 휴대성을 보완하기 위해 새로운 Digital Media 기기의 제작 필요. CD의 원음 데이터를 90% 이상 압축시켜서 초소형으로 용량을 줄이는 것이 목적.

2) 압축 방법 :

모든 소리는 인간이 들을 수 있는 '가청 주파수'와 듣지
못하는 '초저주파와 초음파'로 구분되는 데서 착안함. 이
중 '가청 주파수'에 해당하는 20Hz~20kHz 영역을 제외
하고 나머지는 모두 삭제함 -> 초경량화 가능

3) 가제 - MP3 Code Process

아날로그 음원 - 디지털 컨버팅 - 주파수를 576 부분으
로 분해 - 가청 주파수 외에 부분 삭제 - 재합성 - MP3
파일

4) 데이터 압축의 원리

저장 공간을 절약하거나 데이터 전송시간을 줄이기 위
해 데이터 크기를 줄이는 것. 가장 기본적인 압축원리는
데이터 원본에서 공란이나 연속된 글자, 그리고 반복된 글
자의 조합 등과 같은 반복 패턴을 적은 수의 비트로 바꿈
으로써 파일 크기를 대폭 축소. 압축 방법에는 크게 엔트
로피 코딩(Entropy coding)과 사전(Dictionary coding)
코딩이 있는 데 … 중략 …

유치열은 몇 번이고 이 서류를 읽더니 급기야는 환희에 찬 표정으로 교수에게 묻기 시작했다.

"교수님, 이거? … 저도 참여할 수 있을까요?"

"왜? 자신 있나?"

"저… 다른 건 몰라도 데이터쪽은 자신 있습니다. 기회를 주십쇼. 부탁드립니다."

"그래? 그렇잖아도 내 분야가 아니라 그랬는데 자네의 눈빛을 보니 괜히 걱정했군."

"이 분야는 과거에 개인적인 호기심으로 연구한 적이 있습니다. Audio CD 의 용량 문제 때문에 몇 번 고민한 적은 있었지만, 저 혼자 그런다고 달라질게 없을 것 같아 그만 두었는데 이것을 보고 힘을 얻었습니다."

"그래서? 가능할 것 같나?"

"네. 가능할 것 같네요. 이 압축 방식을 쓴 사람이 누군지 몰라도 정말 대단한 사람 같네요. 이토록 쉽게 풀어 쓰다니!"

"컴컴한 어둠에서 길을 찾기는 어렵지만 불을 밝히면 길은 매우 쉽게 찾게 되지."

교수는 자애로운 빛으로 유치열의 어깨를 두드렸다. 문득 이 볼품없는 학생의 자신감 넘치는 말에 매력을 느끼는 것은 왜일까?

그의 고달팠던 젊은 학창 시절이 떠올라서일까? 보릿고

개에 전 국민이 힘들던 그 시절, 잘 곳이 없어서 산에서 노숙하고, 걸어서 학교를 다녔던 기억이 새록새록 떠올랐다. 교수는 따스한 미소를 드러냈다.

"연구비 지원은 충분할 걸세. 그러니 자네를 포함해서 학생 몇 명 더 모으고, 최교수까지 불러서 함께 이 프로젝트를 진행 하는 게 어떤가?"

"교, 교수님!"

"어차피 내 나이쯤 되면 돈은 큰 필요가 없다네. 연구가 끝나면 자네에게 금전적으로 충분히 보답할 것을 약속하지."

"기회만 주신다면 최선을 다하겠습니다."

"그래. 열심히 해보게."

"감사합니다."

유치열은 연신 고개를 숙이며 기뻐하고 있었다.

교수의 순수한 호의, 컴퓨터에 대한 열정, 스스로에 대한 긍지, 미지의 영역에 대한 탐구까지. 그의 눈은 메마른 사막에 피어난 오아시스처럼 강렬한 생기가 넘쳐흘렀다.

브라질은 확실히 먼 나라임이 분명했다. 거의 하루 종일 걸린 고된 비행기 여행에 어깨와 허리가 찌뿌둥하게 결려오는 것은 어쩔 수 없는 모양이다. 그렇게 런던을 출발해서 리오데자네이로에 도착한 소혜련은 카트에 짐을 잔뜩 실고는 비서인 클라라에게 영양가 없는 농담부터 건넸다.

"생각보다 날씨가 덥네? 이럴 줄 알았으면 반팔을 좀 더 챙겨오는 건데 말이야."

"그러게요. 저도 브라질은 처음이라서."

클라라는 영국 특유의 강한 악센트를 섞어 가면서 복잡한 입국장 주변을 빠져나갔다. 소혜련은 근처에서 블랙 커피를 산 후, 선글라스를 낀 채로 주위를 둘러보며 감탄사를 내뱉었다.

"지금이 11월이니 한국이면 벌써 초겨울인데 이곳은 거의 여름이네. 보기 좋아."

"정열의 나라라고 하는 데 부사장님도 이번 기회에 근사한 브라질 남자 좀 꼬셔 보시죠?"

"브라질 남자? 후후, 브라질 남자는 뭐가 다른가? 난 야리야리하면서 잔근육이 적당히 있는 그런 스타일이 더 흥분되던데? 그런 애들이 잠자리에서 더 부드럽고 상냥하거든."

"그런가요?"

"응."

"어쩜 저랑 비슷한 취향이네요."

"그래?"

"저도 누군가 뒤에서 껴안아 주면서 귓불에 속삭일 때가 느낌이 제일 좋았어요."

"확실히 그 느낌이 죽이지. 클라라? …그보다 우리 차는?"

"아, 잠깐만요. 미리 런던에서 출국 전에 수배를 해 놓았는데… 저기 있네요."

그녀 둘은 적당히 야한 농담을 주고받다가 첼시 구단에서 미리 준비한 기사의 차를 타고 그들의 목적지인 미나스 제라이스 주의 벨루오리존치라는 도시로 향했다.

벨루오리존치시는 브라질에서 6번째 도시로서 공항이 있는 리오데자네이로에서 600km를 더 가야 하는 내륙 지방이었다. 또한 그곳에는 그녀의 목표물인 크루제이루 EC라는 브라질 풋볼 클럽이 존재했다.

지난 몇 개월간 그녀는 그야말로 정신이 없었다. 충분한 숙면을 취하지 못한 탓에 눈 주위에는 다크 서클이 가득했다. 그룹의 첼시 인수와 함께 느닷없이 첼시 구단의 임원으로 발령이라니!

그것도 축구단의 가장 핵심이라 할 수 있는 축구선수 이적과 영입을 관리하는 부서의 총괄 책임자급이다.

그녀는 아직 싱글이다. 외국에 장기간 혼자 거주해야 하는 점도 큰 무리는 없었다. 어차피 미국 유학 시절의 경험이 있었던 탓이다.

다음 날, 그들은 크루제이루 EC와 코린치아스의 29R 게임이 열리는 7만 명을 넘게 수용하는 미네이랑 경기장에 도착했다.

"브라질 1 부 리그는 세리에 리그라고 부르는 데 일반적으로 유럽과는 정반대로 매년 4월부터 12월까지 피튀기는 순위 싸움을 하죠."

"그렇군요. 우와, 경기장이 무진장 넓네요."

"브라질인들의 축구 사랑은 정말 대단한 편입니다. 이 넓은 경기장도 이제 조금 있으면 꽉 찰 겁니다."

확실히 시간이 지나자 그 큰 경기장이 빈 공간 하나 없이 다 차고 있었다.

한국이었으면 상상도 못하는 일이었다. 그만큼 축구에 대한 가치 기준이 다르다는 의미일 것이다.

"저 선수인가요?"

"네. 경기가 끝나고 구단 관계자와 에이전트, 선수 본인과 미팅을 하기로 약속을 잡았습니다."

소혜련은 의미심장한 눈빛으로 해당 축구 선수를 뚫어지게 쳐다보았다. 곧 경기가 시작되었다.

그녀가 지켜보는 축구 선수는 크루제이루 EC 의 스트라이커인 호나우도 루이즈 드 리마 Ronaldo Luiz Nazario De Lima라는 신인이다.

이미 그룹 회장의 특별 지시로 첼시의 스카웃팀에서는 여러 번 실무자를 파견해서 실력을 검토했었다. 물론 수십 개에 달하는 비디오 테이프와 두꺼운 서류도 받아 본 상황이다.

프로 축구 클럽에서 선수의 영입은 결국 담당자의 능력으로 직결되는 법일 터.

선수에 대한 적절한 능력 평가가 되었는가? 가치에 비해 이적료가 과하지는 않았는지? 예기치 못한 리스크는 확인했는 지와 같이 실무진에서는 체크할 부분이 한 둘이 아니었다.

그러나 이번에 첼시를 인수한 아시아의 큰 손은 자신의 첫 행보로 놀랍게도 프랑스, 포르투칼과 같은 유럽에서 유망주를 찾는 대신에 저 먼 브라질의 신성에 시선을 돌리고야 만다. 그렇게 밤을 새워가며 만들어진 호나우도에 대한 평가는 한 마디로 이러했다.

– 기량 및 실력은 좋은 편이지만 거금을 지불하면서까지 데려올 최상급 선수는 아니다.

라는 것이 최종 평가였다.

덕분에 혼란을 느낀 소혜련이 직접 경기장을 방문해서 호나우도의 뛰는 모습을 보기 위해 이 먼 거리를 날아온 것이다. 그녀는 그룹 회장의 안목이 얼마나 뛰어난지 그 누구보다 아는 여자다. 그녀는 유쾌한 성격과 다르게 업무에 있어서는 꺼진 불도 확인하는 치밀한 스타일의 소유자이기도 하다.

적어도 회장이 목표물로 점을 찍었다는 의미는 이 브라질의 어린 선수에게 어떤 특출 난 천재적인 재능이 있다는 뜻일 것이다. 그녀는 그만큼 회장의 안목을 믿었다.

가슴이 쉽게 진정이 되지 않는다. 목덜미에는 땀이 흥건했다. 그의 이름은 호나우도, 브라질리언 특유의 낙천적인 성격의 소유자였다. 허나 지금 이 순간만큼은 마른 침을 삼키며 초조함을 느껴야 했다.

관중의 환호성 소리가 울려왔다. 그 고음은 고막을 때리고 망치 뼈를 지나 달팽이관을 거침없이 흔들어댔다.

그는 진정을 시키면서 눈을 감았다. 이 짜릿한 날카로운 시선의 향기를 그윽하게 즐기기로 마음먹는다.

곧이어 스스로에게 용기를 불어 넣었다.

'넌 잘 할 수 있어! 로날도!'

오늘 아침, 에이전트를 통해서 영국 프리미어리그 첼시 F.C의 최고위 책임자가 그의 경기를 보기 위해 관람할 것이라는 소식을 전해들은 탓이다.

누구에게나 유럽은 꿈의 무대였다.

동시에 심판의 호각 소리와 함께 스테이지의 막이 오르고 있었다.

그는 심호흡을 길게 했다. 서서히 달리기 시작했다. 근육질로 뭉쳐진 장딴지는 한계 이상의 가속에 진입했다.

속으로 쾌재를 부른 것은 그 순간이다.

지금까지 지긋지긋하게 그를 괴롭혔던 약한 무릎 통증이 말끔하게 사라진 것을 깨달은 것이다.

그는 고작 18세에 불과했다.

첫해 크루제이루 EC에서 그는 기존의 스트라이커와 치열한 주전 경쟁을 벌여야 했다. 축구에 있어서 경쟁은 잔인하고 비정하다. 그러다 초반에 상대의 악의적인 태클에 무릎을 강하게 찍힌 이후로 몇 게임 쉬고 다시 출전했으나, 예전과 같은 민첩한 몸놀림은 나오지 않고 있었다.

그의 몸이다. 그의 신체다. 어찌 호나우도, 그보다 더 잘 아는 사람이 있을까? 그럼에도 그는 참고 또 참았다. 견딜 수 있는 고통이라 자위하면서 숨기고 지금까지 뛴 것이다.

축구의 세계는 생존경쟁이다.

특히나 호나우도와 같이 주전이 불확실할 경우에는 부상으로 드러눕는 그 순간 스트라이커 포지션은 다른 이에게 뺏기게 된다.

그러나 오늘은 아니었다. 그의 몸에는 에너지가 넘쳐 흘렀다.

2선의 미드필드가 찬 공은 타원형의 포물선을 그리면서 호나우도에게 연결되어 넘어 왔다.

롱패스였다. 이를 악물었다.

기회다! 그는 공의 떨어질 궤적을 예측하면서 질주하기 시작했다.

와와와와와!

거대한 소음이 파도처럼 압박해 들어왔다. 두 명의 센터백은 그의 어깨를 밀치더니 단 1인치라도 밀리지 않기 위해서 고함을 치며 함께 뛰었다.

"비켜!"

"막아!"

처음의 출발점은 비슷했다. 하지만 온 몸이 근육덩어리로 뭉쳐진 호나우도는 미친 폭주 기관차처럼 가속하고 또 가속에 들어갔다. 압도적인 근력의 파워다. 조금씩 간격이 벌어짐을 직감한 센터백이 외마디 기함을 쳤다.

"파울! 파울로 끊어!"

"젠장! 뭐 저렇게 빨라!"

그 사이에 호나우도는 허공에서 낮게 깔아 오는 공을 정확한 키핑으로 가슴에 떨어트렸다. 등 뒤에서는 살인적인 태클이 들어왔다. 허나 짐승과 같은 감각으로 무장한 호나우도를 당할 수 없다.

그와 동시에 가슴으로 트래핑한 공을 전진시키면서 한 번 더 스파이크의 인프론트로 찼다.

그 긴박한 와중에도 Side Line의 부심을 힐끗 본다. 패스되어 떨어지는 공의 타이밍을 맞추면서 돌파한 것이다. 오프사이드 트랩이 박살났다.

그 다음은 무주공산이다.

골키퍼와 1 대 1 상황과 마주 했다. 다리는 폭주 기관차 처럼 미친 스피드로 달리고 있었다.

100조를 향해서

NEO MODERN FANTASY & ADVENTURE

Part 11-1. 마이더스의 손

'지금이야!'

태양빛이 강하게 반사되었다. 심장의 박동은 최고조로 펌프질하면서 지금 이 순간 그들이 살아서 이 땅을 밟고 있음을 증명하는 듯 했다.

'슛? 아니면 회피?'

1초도 안 되는 그 때 짧은 갈등이 번져왔다.

오른쪽 사선으로 빗겨서 돌파를 한 탓에 슈팅 각이 생각보다 적었던 것이다. 골키퍼는 양 팔을 저돌적으로 벌리고 있었다. 그 모습이 마치 순교를 각오한 십자군과 닮아 있었다.

그 중간으로 검은 육각형과 흰 여백으로 이루어진 축구

공이 탄력 있게 튕겨 오른다. 기회! 호나우도는 입술을 깨물었다.

오른발의 뒷꿈치축이 후면의 허공으로 크게 들렸다.

슛을 쏘려는 자세다. 동시에 골키퍼의 신형이 갈대처럼 비틀대며 흔들거린다. 하지만 무정한 스파이크는 공을 때리지 않고 45도 방향으로 재차 전진시켜 한번 더 떨구어 놓았다.

'됐어!'

그 순간 쾌재를 불렀다. 골키퍼는 예측이 빗나가자 놀라는 모습이 완연했다. 마침내 빈 공간이 나타났다.

호나우도의 재빠른 몸놀림은 치타와 비슷했다.

공에 회전이 먹혔다.

뻥!

눈 깜짝할 사이에 골키퍼를 제치고 슛을 쏜 것이다.

그리고 그 공은 텅 빈 골대를 향해 탄환처럼 쏘아져갔다. 강력한 주먹으로 악인의 면상을 깔고 뭉갠 것 같은 짜릿한 전율이 이런 것일까. 환호성이 터졌다.

"호나우도!"

"골, 골이다!"

우와와와와와!

축구는 스포츠이자, 예술이요, 전투라 할 수 있다.

완전히 밀어 버린 머리카락과 부리부리한 호랑이의 눈

매, 조각처럼 떡 벌어진 상하체가 울부짖었다.

지금까지 부상을 숨기고 뛰어야 했던 약한 호나우도가 아닌, 진짜 호나우도가 경기장을 뛰어 다녔다. 그는 양떼 무리에 풀어 놓은 한 마리 맹수와 같았다.

폭발적인 스피드, 뛰어난 제공권, 현란한 드리블, 강철 같은 피지컬에 확실한 골 결정력까지!

Perfect! 완벽했다.

그리고 그 골이 터진 시각은 경기 시작 후, 불과 10분이 안 된 시점이었다.

얼마 후 다시 찬스가 찾아왔다.

이번에는 오른쪽 윙백이 후방에서 넘어와 빨랫줄처럼 골대를 향해 크로스를 날린 것이다.

이번 게임은 서로가 상위권으로 도약을 노리는 놓칠 수 없는 한판이기도 했다. 크루제이루 EC 보다 전력이 한 수 앞서는 것으로 평가받는 코린치아스 감독은 호나우도의 골 때문에 꽤 다급해져 있었다. 감독은 코린치아스 선수들에게 홀딩 미드필드까지 호나우도에게 붙어서 집중 마크를 하라고 지시를 내렸다.

호나우도가 허공에 뜨자 무려 3 명이 달라붙어 그의 행동을 방해하기 시작했다. 축구는 몸싸움이 허용되는, 그래서 강력한 피지컬이 요구되는 운동이었다.

그 순간 어깨와 어깨가 강하게 부딪쳤다.

호나우도는 극심한 고통에도 공이 떨어지는 포인트를 놓치지 않았다. 거친 욕이 나온다.

"제길!"

머리 위에서 공이 날아오고 있었다.

그리고 그는 맹렬하게 회전하는 축구공의 측면을 살짝 비틀어 갖다댔다.

공의 궤도만 변경시키는 헤딩 기술이다.

머리에 맞은 공은 벽에 부딪쳐 스핀을 먹고 빠르게 꺾이는 총알처럼 골대의 상단 측면을 때렸다.

수많은 시선의 초점이 모아졌다.

아!

불행히도 공은 골대에 맞더니 라인을 벗어나고야 만다.

"대단하네요. 어찌 저런 선수가!"

"오늘 컨디션이 좋나 보네요? 저런 몸놀림이라니."

"굉장히 빠른데?"

"어디 그 뿐인가요? 개인 드리블도 좋고 무엇보다 슈팅 감각이 놀랍네요."

"역시 나만 그렇게 생각하는 게 아니었어."

소혜련과 클라라의 입에서 찬사가 터져 나올 정도로 방금 전 그 동작은 예술적이었다. 호나우도보다 키가 큰 수

비수 둘이 동시에 뛰었음에도 그는 머리 하나가 더 튀어오를 정도로 야성의 탄력을 보여줬다.

기실 소혜련의 축구 지식은 아마추어 수준에 불과했다. 하지만 그녀는 자신의 눈과 직감을 믿었다.

'잘 온 것 같아.'

아버지는 현장 노동자 출신이었다.

물론 나중에는 대기업 공장장의 위치까지 오르게 되지만, 어린 시절부터 아버지는 술만 마시면 늘 작은 혜련을 안고 하는 말씀이 있었다.

– 현장을 모르면 아무 것도 안 돼

별 것 아닌 것 같지만 꽤 음미할 가치가 있는 문장이었다.

그녀가 런던의 푹신한 의자에 앉아서 한가롭게 홍차나 마시면서 스카우터들이 평가한 서류 뭉치만 검토했다면 어떻게 되었을까?

이제는 저 먼 나라로 가신 아버지였지만 아버지의 그 까끌까끌했던 거친 턱수염이 떠오르고 있었다.

클라라는 고기 꼬치인 브라질 특산 슈라스코를 맛깔나게 씹어 먹으며 박수를 치는 중이다.

"나이스! 더! 더 뛰어! 패스, 패스!"

"Oh, oh, oh, 크루제이루~!"

"호나우도~! 한 골 더!"

응원은 점점 더 치열해져갔다. 혜련은 크루제이루 EC의 상징인 뿔각소 비슷하게 생긴 응원도구를 두드리면서 함께 파도타기에 참여했다.

"호나우도! 호나우도!"

어느덧 전반이 지나가고, 후반에 들어서자 시합은 더 스피디하게 전개 되기 시작했다. 1 대 0 으로 리드를 하고 있던 크루제이루에 맞서서 코린치아스는 4백의 라인을 전방으로 더 끌어올리면서 서로 맞불 작전을 놓았다. 두 팀 다 놓칠 수 없는 한 판이었던 탓이다.

"여기야! 여기!"

십여 분간은 지루한 랠리와 몸싸움 속에 호나우도는 연신 손짓을 하면서 고함을 쳤다.

허나 그 때까지 거칠게 몸싸움을 하던 수비수가 빈정거리며 그의 귓가에 뭐라고 속삭였다.

"이 봐. 꼬맹이 기회주의자!"

"뭐?"

"유럽에서 오늘 너의 경기를 보기 위해 날아 왔다며?"

"그런데?"

호나우도는 난감한 제스추어를 하면서 성의 없이 말을 받았다. 수비수가 빈정거렸다.

"이제 겨우 성인도 안 된 주제에 축구 선수의 정신은 잊고 돈에 팔려 가고 싶냐?"

"헛소리 하지 마! 여기 있는 애들 중에서 유럽에 가고 싶지 않은 애들이 과연 몇 명이나 될까?"

"퉤! 병신! 난 아냐!"

"……."

상대의 도발에 호나우도는 그냥 뜻 모를 미소만 보이면서 전방만 주시했다.

문득 어린 시절 리오데자네이루의 빈민촌에서 축구공을 가지고 놀던 그 황금 같던 추억이 생각났다. 그는 가난했다. 배고픔이 무엇인지 알고 있다. 하지만 이제 그는 저 높은 하늘을 향해 날아갈 것이다. 그토록 그를 괴롭혔던 부상의 망령도 이제는 없다.

그래, 너 따위와 나는 달라!

그는 이제 누구나 부러워할 찬란한 백조가 될 것이다. 날개를 보일 것이다. 그 동안 그의 모든 기량을, 모든 능력을 보여야 했다.

그의 가족을 위해서, 절대 포기할 수 없는 꿈이다.

공이 다시 날아왔다. 그는 원스톱으로 리턴 패스를 하면서 무서운 속도로 질주했다.

"막아!"

깜짝 놀란 수비수 하나가 고함쳤지만, 그 후 연계 시켰던 축구공이 리턴하면서 그의 가랑이 사이에 떨어졌다.

주먹에 힘을 꽉 쥔다! 찬스다.

공격수는 골을 넣어야 공격수로 평가 받는다.

호나우도의 다리는 지그재그로 움직이기 시작했다.

바다 게가 종횡무진으로 달리는 모양이었다. 현란한 드리블 돌파가 이어졌다. 그는 미친 듯이 괴성을 질렀다.

"비켜!"

이제 고작 20여 미터다. 한 명을 제쳤다. 그러나 탄탄한 수비수들은 마치 칼로 물을 베는 것처럼 어느새 2명이 빠르게 가로 막았다.

돌파다!

피가 장딴지 근육을 향해서 펌프질했다. 공은 그와 연애라도 하듯이 다리에서 떨어질 생각이 없었다.

호나우도는 2명을 밀치면서 거침없이 헤집었다.

관중들이 벌떡 일어서고 있었다. 동공이 한껏 확대되었다. 응원의 찬가는 거대한 물결이 되어 경기장을 압박해 들어갔다.

거칠게 태클이 들어오자 그는 점프를 하면서 피했다.

급한 나머지 뒤에서 유니폼도 잡아채온다. 그조차 힘차게 떨치며 더욱 전진해야 했다. 급기야 하리케인이 코린치아스의 페널티박스에 휘몰아쳤다.

"막아!"

마지막 센터백의 외침과 더불어 섹시한 여성의 둔부처럼 골문이 훤히 드러나고 있었다.

호나우도는 공의 왼쪽 측면부를 감아 킥을 했다.

In·front로 때린 탓에 공은 급격하게 스핀을 먹으며 골대의 구석을 향해 회전해 들어갔다. 골키퍼도 온 몸을 날렸다. 허나 공이 더 빨랐다.

"호나우도!"

"호나우도!"

두 번째 골이 터졌던 것이다. 축구공은 오른쪽 골대 안쪽으로 빨려 들어가고 있었다. 영화의 한 장면이 떠올랐다. 수십미터를 질주하면서 4-5명의 수비수를 따돌리고 슛을 집어넣다니!

호나우도는 흥에 겨운 몸짓으로 거칠게 세레모니를 하고 있었다. 브라질리언 특유의 풍유로운 미소와 더불어 장난스런 엉덩이춤은 햇살보다 더 아름다울 뿐이다.

소혜련은 나지막한 어조로 빙고를 외쳤다.

"저 선수는 이제 첼시 구세주가 될 거야."

신미정은 자신에게 들이닥친 변화에 쉽게 적응하지 못하고 있었다. 그것은 거대한 변화였고, 압박감이기도 했다.

'거절했어야 했는데…'

그녀는 혼잣말로 맥없이 중얼거렸다. 스스로의 속물스러움에 약간의 메스꺼움도 느껴졌다.

정현수, 그래 그 정현수다. 조잘거리기 잘하고, 으쓱거리기 좋아하는, 때로는 순진하기 짝이 없던 그 아이, 바로 그 녀석이다.

설마 했었는데 그 설마가 현실로 이루어질 줄이야.

기가 막힐 뿐이다. 정말로 그녀는 그 아이가 그 정도 규모를 가진 회사의 오너인지는 상상을 못했었다.

아니, 어찌 그것이 보편타당한 시선이 아니라 믿을 수 있단 말인가. 그 어린 나이로 어떻게? 어떻게 그게 가능하지? 당신이라면 믿을 수 있을까?

가끔 어린 시절 그녀는 지친 몸을 이끌고 천주교 성당에서 기도를 했었다.

그 때 그녀의 기도는 지긋지긋한 시궁창 같은 이 구렁텅이에서 날개 달린 어여쁜 천사가 구원을 해 줄 것이라 굳게 믿는 타락한 이기심이었다.

하지만 어린 시절 모종의 사건 이후, 그녀는 더 이상 세상을 믿지 않고 있었다.

그녀는 철저한 현실주의자가 되었고, 비관론자가 되었으며 염세주의자가 된다.

가장 쇼킹한 점은 그 끔찍했던 배명수가, 더러울 정도로 악랄한 그 녀석이 그녀를 속박에서 풀어주었다는 것이다.

그녀는 아직도 잊지 못한다.

그저 AMC 엔터테인먼트의 관계자가 그를 찾아가 몇 마디 대화 후, 그 배명수의 얼굴이 산타클로스처럼 자애롭게 변하던 그 날을! 그는 신사의 가면을 쓴 채로 그녀의 여린 어깨를 두드렸던 것 같다.

– 하하. 미정아. 진작 말하지 그랬니. 네가 이런 끈이 있는 줄 알았으면 더 잘해줬을 텐데… 미안하다. 우리 지금까지 있었던 일? 비밀로 해줄 거지? 넌 영리한 아이라 어떤 것이 옳은 지 알거야. 설마 네가 너 스스로 무덤을 파겠어? 그렇지? 큭큭, 귀여운 녀석!

그 순간 그녀는 역한 구역질에 진심으로 살인의 충동을 느껴야 했다. 복잡한 계약의 문제, 금전적 문제 따위는 AMC 그룹의 변호사가 등장하자 깔끔하게 정리가 되었다.

너무 깔끔하게! 평생 옭아맬 것 같은 죽음의 올가미가 그리 쉽고, 빠르게 될 것은 상상하지 못했었다.

그녀가 옮긴 소속사는 요즘 한창 성장하는 Green Paper라는 배우 전문 기획사였다.

이곳은 엔젤 하트와는 전혀 달랐다.

이 곳은 상큼하고 깨끗한 향기만 느껴졌다. 칙칙한 어둠이 아닌, 따스하고 달콤한 빛이다.

Green Paper 사장은 호인이었다. 적어도 인간미가 가득 넘치는, 함께 있으면 넉넉한 기분이 드는 인물이었다.

그녀는 나약한 존재다. 스스로를 늘 자책하고, 방어 본능으로 똘똘 뭉쳐서 고슴도치처럼 남자의 접근을 쉽게 허용하지 않았다.

그럼에도 그린 페이퍼의 윤호영 사장은 이런 새침떼기 같은 얼어붙은 마음을 뜨거운 태양이 비추듯 잘 녹여주고 있었다. 얄미울 정도로….

"너무 걱정할 필요 없어. 연기는 어차피 배우면서 느끼는 거야. 아니! 세상에 태어날 때부터 잘하는 사람이 어디 있어? 안 그래? 걱정하지 마. 다 잘 될거야."

"그래도… 단역도 안 해보고 조연이라니. 남들 눈도 있고…."

"어허! 다른 여배우들은 이런 기회가 없어서 난리인데 왜 그래? 그리고 너무 움츠려 들 필요 없어. 당당해져!"

"……."

"세상이 공평한 것 같지? 천만에! 이쁜 얼굴, 못 생긴 얼굴, 큰 키, 작은 키, 부자집 아이, 가난한 집 아이에서 이미 동일한 스타트 라인에서 출발하는 게 아니야. 미정씨가 가진 인맥이 어떤 건지는 몰라도 그걸 이용할 생각을 해. 여기서 이용이란 나쁜 의미의 이용을 말하는 게 아니야."

"그, 그건…."

"그렇지 않아. 세상에는 자신이 가진 재능을 펼칠 기회조차 받지 못하고 저 은막 뒤로 사라져가는 무명 배우들이 얼마나 많은 줄 알기는 해? 사고를 유연하게 전환시켜 봐. 그 후에 대중에게 인정받으면 되는 거야."

"과연 그럴까요?"

"그래. 어렵게 생각할 것 없어. 너를 푸시해 주는 그 사람도 미정씨가 그런 연기자가 되기를 원할 거야."

"사실 제가 좋은 배우가 될 수 있을지 …그것도 겁이 나요."

윤호영 사장은 확신에 찬 어조로 말했다.

"아마도!"

"정말요?"

"가능할 거야. 열심히 해 봐. 연기는 연기 학원을 다니면서 배우면 돼. 대신 연기는 만만히 보면 안 돼!"

미정은 생동감 넘치는 환한 모습으로 웃었다.

"그럼요."

"먼저 크랭크 인까지 아직 시간이 있으니 카메라 앵글 보는 법부터 발성 연습, 기본적인 표정 연기는 확실히 마스터해야 돼. 영화는 뚜껑을 열어봐야 알겠지만 식스 센스는 상당한 기대작이라 미정씨 커리어에 도움이 많이 될 거야."

"저… 죽을 힘을 다해 열심히 해 볼게요."

"하하, 죽을 힘은 필요 없고, 우리 최선을 다해보자. 응? 뒤 돌아보지 말고 앞만 보고 달리면 좋은 결과가 나올 거야. 그러다 힘들면 우리가 도와줄 테니 걱정 말고. 알았지?"

윤호영 사장은 인자한 눈빛으로 미정의 어깨를 두드리면서 미소를 짓고 있었다.

과연 어떤 사정이 있는지 모르지만, 여배우가 이처럼 의기소침해 있으면 안 된다고 생각한 것이다. 그는 긴 세월을 연극 무대에서 살아 온, 연기를 사랑하는 중년의 베테랑이었다.

비록 그린 페이퍼의 미래를 위해서 이런 이해타산적인 결정을 내렸지만, 애초부터 제안에 무리가 있었다면 안 받을 만큼 강단도 있었다.

그러나 예상과 다르게 여자 아이는 싹수가 있었다.

여배우로서 최상의 비주얼을 지녔고, 다양한 내면 세계를 연출 할 수 있는 재능이 존재했던 탓이다.

또한 뜨거운 열정도 엿보였다. 세상을 다 집어 삼킬 것 같은!

오메가 그룹의 회장 조필상은 최근 극심한 두통으로 스트레스가 장난이 아니었다.

그런 탓일까? 이미 환갑이 훌쩍 넘은 나이로 사무실에

서 그는 죄 없는 줄담배만 피워댈 뿐이다.

지방 관광호텔의 나이트 클럽 몇 곳과 대출 할부 회사 , 룸싸롱 몇 개, 엔터테인먼트 기획사를 운영하는 머리가 반이 까진 노인은 차가운 어조로 시립해 있는 박남식 사장에게 마침내 입을 열었다.

"그러니까…, 그 쪽에 사람을 보내서 확인해 보니 이 모든 원인이 스커드의 손경미 때문이라는 건데… 이게 맞아?"

"그, 그렇습니다."

"고작! 계집 하나 때문에 회사가 그 지경이 되도록 넌 뭐 했어?"

"죄송합니다. 그조차도 저희 애들이 AMC 엔터의 송 상무에게 사정사정해서 겨우 얻어낸 정보입니다. 부디 용서를…."

"기가 막히군. 기가 막혀. 그러니까 정체를 알고 보니 그 백댄서의 남자친구가 AMC 그룹의 회장이라? 이건가?"

"네. 네."

"이게 무슨 드라마 속 이야기야? 말이 돼? 아니! 그보다 대체 언제까지 이러겠다는 거야?"

"글쎄요. 그건 그 쪽도 잘 모르겠답니다."

이런 답답한 박남식의 태도에 조필상은 대뜸 노성을 터트렸다.

"에잇!"

"어쨌든 확실한 점 하나는 이미 이번 싸움이 연예계에 쫙 퍼져 있다는 점입니다. 그 때문에 그들도 이런 사실을 알기 때문에 섣불리 양보를 하지 않을 거라는 예상입니다."

"체면 때문인가? 그렇다면 결국 오메가 엔터가 문 닫을 때까지 완전히 작살을 내겠다는 거야 뭐야?"

"그 부분까지는 저희도 잘…."

"넌 아는 게 뭐야? 멍청한 새끼!"

조필상은 인상을 잔뜩 찡그리더니 창문 바깥을 향해 시선을 돌리며 생각에 잠겼다.

공연이 다가온다. 백댄서가 늦었다. 성질 급한 손경미가 참지 못하고 선배의 자격으로 한마디 한다.

그러자 싸가지 없는 년이 반발한다. 이 때문에 아이들이 손을 좀 썼다. 그러다 혈기왕성한 남자친구가 난입해서 싸우게 된다.

살다 보면 흔히 발생할 수 있는 아주 흔한 레파토리라 할 수 있었다. 오히려 그 놈 때문에 그들의 직원이 부상을 입었으니 형사 고소도 가능할 것이다.

하지만 스커드의 이미지 문제 때문에 그냥 똥 밟았다 생각하고 넘어간 자질구레한 사건에 불과했다.

그런데 여기서 그 남자친구의 정체가 일반인이 아닌,

AMC 그룹의 오너라면 이야기가 완전히 달라진다.

비록 대한민국의 날고 긴다는 30대 그룹 정도의 외형은 아니라 해도 확실히 AMC 그룹은 중견 기업 이상의 기틀을 다지고 있었다.

특히나 연예계쪽의 영향력은 정말 막강했다. 감정을 주체하지 못하고 오메가 엔터로 덤비는 것은 계란으로 바위 치는 격이나 다름이 없었다.

이 바닥에서 닳고 닳은 조필상이 어찌 이것을 모르겠는가.

이보다 더 큰 문제는 이 정도로 강력한 역량을 가진 놈이 턱없이 젊다는 것이다.

그는 이런 종류의 인간을 너무 잘 안다.

특권으로 똘똘 뭉쳐서 자신이 황족이라 생각하는 대한민국을 쥐고 흔드는 절대 권력자이자 지배자들이다.

모르긴 몰라도 자신의 자존심 때문이라도 그는 오메가 엔터를 영원히 살아나지 못하게 확실히 밟아 버릴 것이 뻔했다.

역으로 그가 그의 입장이라 해도 그러했을 것이다.

100조를 향해서

NEO MODERN FANTASY & ADVENTURE

Part 11-2. 마이더스의 손

Part 11-2. 마이더스의 손

상대가 다시는 덤비거나 고개를 들지 못하도록. 그만큼
힘이 주는 달콤함이란 상상을 초월한다. 그가 어찌 그리
잘 알고 있냐고?

조필상도 과거에 정적을 처리할 때 그러했기 때문이다.
더 무서운 점은 AMC 그룹 오너의 뒷배경에 있었다. 고작
20대 중반도 안 된 아이에게 저 정도 회사를 만들어 줄 정
도면 그 집안은 대한민국 10대 재벌급이나 혹은 지하 경제
를 쥐고 흔드는 수준이 아니라면 상식적으로 불가능한 게
당연했다.

가능하다고 생각하는 것이 웃기지 않을까?

그가 듣기로는 단 3년이라 했다. 단 3년만에 저 정도 그

룹을 만들 수 있을까? 가히 상상을 초월하는 자금력이 아닐 수 없다.

'어떻게 해야 하지?'

노인, 조필상은 확실히 영리하고 판단력이 뛰어났다.

만약 상대가 이 정도로 거대하지 않았다면 비록 그의 영향력이 상대보다 못 미친다 해도 죽기 살기로 싸웠을 것이다.

그는 불과 10년 전까지만 해도 피 보는 것을 전혀 두려워하지 않았다. 패기가 넘치던 인물이었다. 허나 세월의 힘은 모든 것을 늙게 만들었다.

이대로 부딪친다면?

시뮬레이션을 그려본다.

어떤 상황을 연출해도 필패일 것이다.

설령 그가 가진 모든 연줄과 힘을 다 동원해서 어떻게 이긴다 해도 상처뿐인 영광이 될 게 분명했다. 거기다 그 집안까지 생각하자 고개 짓만 할 따름이다.

박남식은 회장이 계속 침묵하자 다른 제의를 했다.

"차라리 명구 형님에게 연락해서 역으로 그 쪽을 건드려 서 반응을 보는 게 어떨까요?"

"음… 반응이라."

"네. 그렇다고 이대로 오메가 엔터의 문을 닫을 수는 없는 노릇 아닙니까? 오히려 애들 불러다 겁 좀 주면 생각 외로 쉽게 끝날 수도 있습니다."

"겁이라. 과연 그게 먹힐까?"

아무리 전세가 안 좋아도 이렇게 허무하게 항복한다?

확실히 조필상의 도도한 자존심이 허락하지 않았다.

그러던 그 때였다.

공교롭게도 자신이 먼저 연락을 하려던 이명구에게서 전화가 걸려왔다. 이명구는 예전 주먹계에서 꽤 날렸던 인물로서 인맥이 광범위한 이른바 원로라 할 수 있다.

처음 몇 마디는 의례적인 인사와 함께 조필상의 음성이 허공을 뒤덮었으나 왜인지는 몰라도 차츰 어두운 빛이 감지되었다.

"음 그래서? 결국 방법이 없다는 건가? 알았네."

전화는 끊어졌다. 박남식 사장은 불길함을 느끼고는 즉시 되물었다.

"뭐라고 하시는지요?"

"그쪽에서 오히려 명구네 식구를 통해서 압력을 넣었다고 하는군."

"네엣?"

이명구의 이름값은 아직까지 이 세계에서 먹혔다. 비록 은퇴했다 해도, 지금이라도 명구가 부르면 수십명 정도 모이는 것은 언제든지 가능했다.

불쑥 이상한 느낌이 들었다.

"자신이 거절하기 어려운 곳에서 연락이 왔다 하네."

"그래서요?"

"명구 말이 절대 그들에게 기회를 주지 말라고 하더군."

…기회라.

긴 시간을 이 계통에 있었으니 어찌 모르겠는가.

쉽게 말해 애들 동원해서 불법 행위를 하지 말라는 뜻이 아닌가. 이것이 의미하는 바는 간단했다.

이명구로서도 감당이 안 되는 뒷배가 그쪽에 존재한다는 뜻이었다.

미치겠군. 손깍지를 낀 채 이리저리 생각을 하던 조필상은 한숨을 내쉬면서 체념의 투로 말했다.

"스커드는 바로 해체시키고 너는 오메가 엔터의 대표 자격으로 AMC 엔터를 찾아가서 정식으로 사과하도록."

"회, 회장님!"

박남식의 얼굴 가죽은 거무죽죽하게 바뀌어 있었다. 설마 이리 쉽게 항복 선언을 할 줄은 예상하지 못한 탓이다. 그가 아는 회장은 비정했고 냉철했다.

그리고 능력도 있는 인물이었다.

동시에 조필상 회장은 탁자를 거세게 치면서 분노를 폭발시켰다.

"이 새끼야! 고작 체면 때문에 일을 이 따위로 만들어? 앙? 상대가 어떤 놈인지 봐가면서 깝쳐야 될 거 아니야!"

"……"

"나가! 꼴도 보기 싫어! 에잇!"

"죄송합니다."

그것은 거대한 무력감이었다. 짙은 낙담이다. 난생 처음 좌절한 날이기도 했다. 등골에 시린 한기가 스쳐가고 있었다. 평소의 힘만 믿고 상대와 싸웠다면 과연 어떻게 되었을까?

시간이라는 존재는 유수와 같이 빠르게 흘러가고 있었다. 현수는 병무청에서 날아오는 입영 통지서를 더 이상 미룰 수 없어서 결국 단기 보충역인 방위로 군대를 가게 되었다. 그렇다고 회사 일에서 완전히 손을 떼는 것은 아니다.

어차피 수도 방위 사령부 소속으로 세곡동 일대로 출퇴근이 가능했기 때문이다. 예전과 다른 점은 군대라는 문제 때문에 전체적인 경영은 최상철 부회장이 맡기로 하고, 앞으로는 큰 틀만 제시를 해주는 선으로 역할 분담을 나누기로 했다.

겨울 이적 시장에서 얻은 첼시 F.C의 첫 작품은 브라질의 크루제이루 EC 클럽에서 이적료 2백만 파운드를 제시하고 데려온 호나우도였다. 그는 전 소속팀에서 주전 경쟁이라는 중압감 때문에 부상 문제를 숨기고 출전하였고, 그 때문에 스카우터로부터 좋은 평가를 받지 못했다. 하지만 최고 책임자인 소혜련의 뛰어난 안목에 힘입어 메디칼 테스트를 통과하여 첼시에 입단하게 된다.

또한 여론의 우려 섞인 시선 – 너무 어린 유망주에게 거금을 썼다는 리스크와 달리 호나우도는 첫 게임부터 2골을 몰아넣으면서 강렬한 임팩트를 주게 된다.

그럼에도 첼시는 8-13위를 오르내리다가 결국 시즌을 10위라는 성적으로 마감했다.

원래 역사라면 첼시의 그 해 성적은 14위였으니 조금씩 예전의 역사가 변화되는 것은 사실이었다.

아무튼 호나우도는 그 동안 11경기 중 선발 8번, 교체 출장 3번 나와서 6골 4어시스트를 기록하면서 EPL에 신성으로 안착했다.

이제는 AMC 전자로 이관되어 관리하는 Pet Box 는 월마트의 단가 인하 압력에 코웃음을 치면서 역으로 조건을 제시했지만 그 후로는 감감 무소식이었다.

월마트 역시 메이저 기업답게 훌륭하게 행동했다.

참신한 아이템이 있어도 벌거벗은 임금님처럼 콧대 높은 거인의 심기를 어지럽히면 결과가 어찌 되는 지 보여주는 시범 케이스가 아닐 수 없다.

한국에서 그토록 인기를 끌어도 해외에서는 콧방귀도 끼지 않던 것이 최근 일본에서 대히트를 치자 세계의 주류 메이저 언론의 태도가 변화되기 시작했다.

국력의 차이였지만 현실은 현실이다.

가장 먼저 뉴욕 타임즈가 해외 토픽으로 기상천외한 Pet Box를 소개했고, 그 후 몇 번 더 신문에 언급이 되더니 결국 ABC, CBS 등 아침 프로에서 직접 한국에 취재를 오기 시작했다.

– 애완동물 게임기 Pet Box! 가상 현실의 구현인가?

– Pet Box! 수요에 비해 공급이 딸리는 주문 폭주 상태 지속되다. 어린이들의 로망!

언론의 영향력은 컸다.

그 덕분에 해외 바이어 구매 문의가 이전에 비해 10배 이상이 폭증하고 있었다.

월마트에는 물건을 넣지 못했지만, 그 대신에 미국의 K-Mart, 영국의 테스코, 프랑스의 까르푸, 독일의 메트로까지 거래처는 확대되었다. 또한 진공 스팀 청소기와 에어 프라이어도 함께 전시가 되면서 주부의 시선을 사로 잡으면서 상당한 인기를 끌었다.

무엇보다 이 두 아이템은 실용성면에서 꾸준하게 소비자에게 입소문이 나면서 고가의 가격임에도 불구하고 판매량은 연일 상승 곡선을 그렸다.

그 때문에 하청을 준 공장이 도저히 납기를 맞출 수 없다고 하소연을 하자 AMC 그룹에서는 과감하게 투자 결정을 하고, 김포 인근에 5만평의 땅을 사서 공장을 신축했다. 물론 굳이 김포를 선택한 이유는 훗날 김포가 신도시로 지정되는 것을 고려한 시세 차익까지 바라 본 입지 선택이었다.

AMC 유통은 과거에 천대 받던 것과는 달리 이제는 눈부신 공작새로 탈바꿈해 있었다.

AMC 24 편의점은 1994년 가을이 지나면서 직영점 및 가맹점 총합이 400개를 돌파함으로서 3위인 세븐 일레븐을 제치고 국내 C.V.S 시장에서 무서운 강자로 우뚝 섰다. 거기에는 초기에 적자 출혈을 감수하면서까지 가맹점주 위주의 최고 조건의 프로모션이 적중했다.

기존의 대기업 브랜드는 대기업이라는 영향력만 믿고 콧대가 높았다. 높은 가맹 금액과 고가의 수수료가 대표적인 예다. 하지만 AMC 24는 이들과 달리 확실히 차별화시킴으로서 가맹의 문턱을 대폭 낮춘 것이 성공의 요인으로 각광 받고 있었다.

AMC 24는 전국의 편의점 숫자가 늘어남에 따라 초기와 달리 각종 명목으로 이익을 챙기는 중이었지만 그래도 여전히 기존 경쟁업체와 비교하면 상당한 경쟁력이 있었다.

그 외에도 노래방 브랜드인 'AMC Music Station'은 국내 시장의 독보적인 1위로 성장했다. 현재 전국 각지에 2천여 개가 성업 중인 노래방 중 무려 650개가 'AMC Music Station'이라는 브랜드를 달고 영업을 했던 것이다.

그 외에도 아웃백 스테이크 1호, 2호, 3호점이 명동, 강남역, 잠실에 동시에 개설되면서 주위를 놀라게 했고, 94년도에는 빵 브랜드인 '뤼미에르 lumière'와 조개구이 전문점, 그리고 스티커 자판기와 DDR 게임기를 강력하게 밀기 시작했다.

그 때문에 1993년 AMC 유통 단독 매출만 8백억이 넘는 쾌거를 달성하게 된다.

그 외에도 각 계열사는 여전히 폭발적인 성장세를 기록하면서 순항 중이었다. 특히나 펫 박스와 진공 스팀 청소기, 에어 프라이어는 없어서 못 팔 정도로 세계적인 히트 상품 대열에 끼고 있었다.

1993년과 1994년까지 전 세계 시장에서 누적 판매된 Pet Box의 숫자만 무려 1천 5백만 개가 넘었으니 가히 입이 딱 벌어진다 아니 없을 것이다.

그 사이 특이한 점은 AMC 게임 부문에서 외국 그래픽 디자이너와 엔진 기술자를 초빙하여 세계 게임업계를 경악하게 만드는 새로운 PC게임 3종을 연달아 내놓게 된다.

그 중 하나는 게임을 하는 이가 스스로가 신이 되어 가상의 도시를 짓고 운영하는 Sim City가 있었다.

심시티를 시작으로 PC 게임 역사상 최고의 베스트셀러라는 어드벤처 장르물인 Myst가 출시된다.

훗날 마이크로 소프트의 빌 게이츠가 유일하게 즐긴 게임으로 유명한데 그래픽이 당시로서는 센세이셔널 할 정도로 품격이 높았던 것으로 기억한다.

그리고 마지막 끝판왕은 바로 워 크래프트 War Craft였다.

현수의 입장에서는 자신이 미래의 히트작을 먼저 선수쳐서 내놓는 것에 한 가닥 양심이 찔리기는 했으나, 어차피 언젠가는 나올 것들이었다.

그럴 바에는 PC 게임의 변방인 한국 땅에서 출품되는 것이 국내 게임 산업의 미래를 위해서도 훨씬 더 낫다고 생각했다.

아무튼 이 3 종류의 각기 다른 게임의 출시는 전 세계 게임업체와 게임 매니아의 시선을 한국으로 쏠리게 만들었다.

그만큼 혁신적이었고, 흥미로웠으며 잘 만들었던 것이다. 당연히 게임 매니아들의 반응은 허리케인이 몰아친 것처럼 폭발적이었다.

그 외에도 올 봄에 완공된 중국 의류 공장을 시작으로 패션 브랜드인 'Infinite'는 강력한 마케팅을 바탕으로 빠른 속도로 전국 각지에 '인피니트 가맹점'을 받기 시작했다. AMC 패션은 회귀 전에 대히트를 쳤던 유니클로의 S.P.A 시스템을 그대로 적용시켰다.

아직 이 시대에는 없는 S.P.A 시스템은 자사의 기획브랜드 상품을 직접 제조하여 유통까지 하는 전문 소매점을 일컫는 단어였다.

제조사는 대량생산 방식을 통해 원가를 낮추고, 유통 단계를 축소시켜 저렴한 가격에 공급이 가능하다. 그에 더해 철이 지난 상품은 그 연한에 따라 대폭 세일로 재고를 처리하는 방식을 아예 커리큘럼화 시킨 것이다.

그에 따라 이익률이 대폭 올라가게 된다.

2014년 현대에는 별 것 아닌 이야기였지만 아직 이 시기에는 이런 첨단 기법을 사용하는 의류 업체는 존재하지 않았다.

거기다 중국의 저렴한 인건비와 공장 용지를 저렴한 가격에 인수한 탓에 - 물론 그 때문에 뇌물은 많이 써야 했지만 - 전체 원가가 타 경쟁업체와 비교하면 확 낮아졌다.

그러자 가격 싼 제품을 최우선으로 삼는 의류 업계에 지각변동이 일어나게 된다. 특별히 홍보를 안 했음에도 한국의 구미 공단을 시작으로 이름도 알지 못하는 미국과 유럽의 바이어로부터 오더가 예상 외로 많이 밀려오는 형편이었다.

그래서 내심 거대한 공장 규모에 비해 매출이 없어서 가동율이 낮을까봐 우려했지만, 쓸데없는 기우임이 판명되었다.

유럽 프리미어리그의 첼시 F.C 인수, 세계적인 히트제품 Pet Box의 제조사, 대한민국 최고의 엔터 회사라는 이미지로 AMC 그룹은 이제는 한국에서도 그 인지도가 꽤 상승한 상황이었다.

하지만, 대외적인 AMC 그룹의 대표자는 최상철 부회장이었다. 장막으로 가려진 젊은 그룹의 오너가 누군지는 여전히 미궁 속에 빠져 있을 뿐이다.

＊

"번번이 집으로 오시라 해서 미안하군요."

"아닙니다. 제 할 일인데요. 뭘."

"하하. 앉으세요."

"네, 그럼."

짧은 스포츠머리에 뿔테 안경, 그리고 체크무늬 난방은 평범해 보였다. 현재 그가 앉아 있는 이 자리가 대리석으로 둘러싸인 거대한 저택의 거실이 아니었다면 확실히 별 볼일 없는 외모였을 것이다.

그러나 자리가 사람을 만든다는 말처럼 그의 손짓, 동작 하나에는 저 멀리 창공을 향해 솟아난 고고한 대나무와 같은 기세가 실려 있었다.

현수는 가볍게 웃으면서 최 사장을 향해 말했다.

"신용금고를 인수하겠다고요?"

"네. 현재 그룹 내에 현금이 넉넉한 편입니다. 마침 적당한 매물이 있어서 이 기회에 인수를 하는 게 어떨지 생각해서 의견을 구하고자 합니다."

최 사장이 간략하게 요약 된 보고서를 회장에게 건네자, 그는 차분한 표정으로 서류를 확인하기 시작했다.

"어디 한번 봅시다."

매각 대상 물건 : 성림 상호 신용 금고

위치 : 대구 동성로 본점 / 서울 역삼 지점

설립연월일 : 1972년 7월 13일

여신 : 733억

수신 : 877억

총자산 : 985억

자기자본 : 70억

매매 희망가 : 110억

대주주 외 : 정영철 외 4 인 (특수 관계인)

당기 순이익 : 작년 12억 7천만원

······ 중 략 ······

＊

"생각 외로 탄탄한 회사군요. 그런데 왜 매각하려는 거죠? 그냥 자신들이 운영해도 되지 않나요?"

"한국 종금에 나온 M&A 매물입니다. 신용 금고 설립자가 노환으로 오늘내일하는 상황에서 자녀들끼리 유산 다툼이 장난이 아니라더군요. 그래서 신용 금고를 매각해서 일단 현금화시키는 게 목적으로 보입니다."

"회사에 유동 현금은 얼마나 있죠?"

"지난 달 기준으로 대략 420억 정도 있습니다."

요즘 재무재표를 확인한 지 꽤 되어서 그냥 사업이 별 탈 없이 잘 된다고만 생각했지 실제 현금 보유고가 저 정도 수준이라니 현수는 속으로 살짝 놀랐다.

그는 뒷짐을 진 채로 정원을 바라보며 중얼거렸다.

"흠, 그렇게 투자를 했는데도 그 정도라니."

"알다시피 유일하게 적자를 보던 곳이 AMC 패션이었는데 최근에 인피니트 매장이 전국에 대폭 늘어나면서 올해는 흑자로 전환될 것 같습니다. 그 외에는 전부 이익이 나는 사업이라."

〈4권에서 계속〉